宝づくし

出直し神社たね銭貸し

櫻部由美子

時代小説文庫

角川春樹事務所

本文イラスト　丹地陽子
本文デザイン　アルビレオ

●目次●

●主な登場人物●

おけい
天涯孤独の十七歳の娘。八歳で養父母に死に別れ、あちこちで下働きをしたあげく、下谷・出直し神社の手伝いをすることに。小柄で器量はよくないが、目端の利く働き者。

うしろ戸《ど》の婆《ばば》
貧乏神を祀る出直し神社に仕える老女。千里眼の左目を持ち、参拝者の身の上話を聞いて壊れた琵琶を振り、たね銭《せん》を貸す。

お妙《たえ》
お蔵茶屋〈くら姫〉の女店主。出直し神社から遣わされたおけいを相談役に、たね銭で立て直した店が評判となった。もと御殿女中の才媛で美貌の持ち主。

おしの
木戸番小屋で駄菓子を商っていたが夫を亡くし、菓子の露天商いを経て〈志乃屋〉を長屋で開く。亡父・喜久蔵《きくぞう》は菓子職人で、名店〈吉祥堂〉から独立後自死。〈くら姫〉に菓子を納め、人気店に。

依田丑之助《よだうしのすけ》
南町奉行所の定町廻り同心。〈牛の旦那〉と呼ばれる大柄でいかつい風貌ながら、罪を未然に防ぐことにも注力する実直な若者。

狂骨《きょうこつ》
小石川の竹林に住む老人。同じく竹林に住みついている物乞いたちから〈先生〉と慕われ尊敬されている。揉み療治の技をもつ。

宝づくし

出直し神社
たね銭貸し

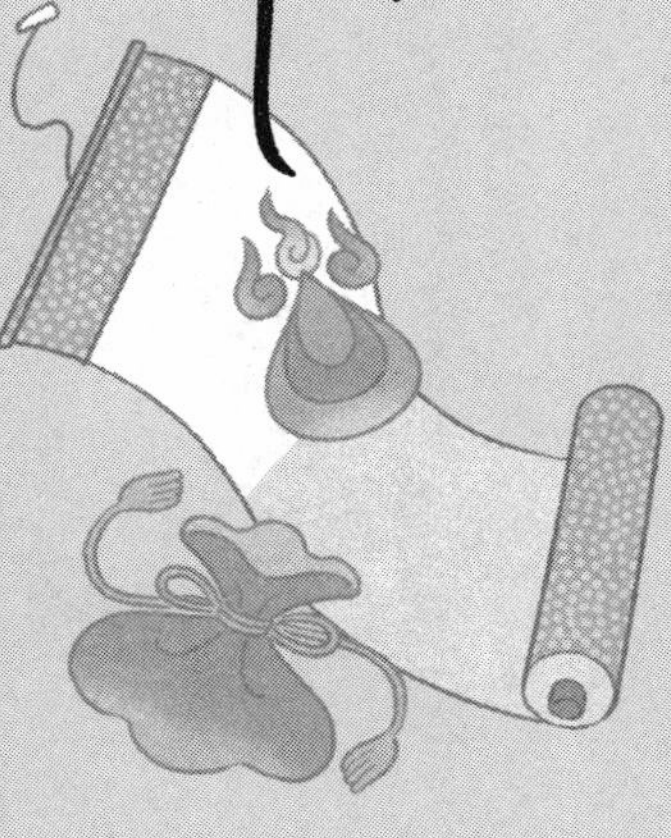

第一話

剣術道場の奥方へ

――たね銭貸し銭六文也

神無《かんな》月《づき》の朝、出直し神社の社殿に美しい客が座っていた。

お蔵茶屋《くらぢゃや》〈くら姫《ひめ》〉の女店主が、たね銭《せん》八両の倍返しに訪れたのだ。

「しめて十六両、たしかに受け取ったよ」

小判を数えて祭壇にそなえ、皺《しわ》くちゃの老婆が女店主の前に座りなおした。

貧乏神をご祭神として祀《まつ》る出直し神社では、〈たね銭貸し〉をしている。参拝客の話を聞いて祝詞《のりと》を唱え、壊れた琵琶《びわ》の穴から縁起のよいたね銭を振り出すのが、うしろ戸《ど》の婆《ばば》と呼ばれる老婆の仕事である。金額は神の裁量によって異なるが、一年後に借りた金の倍額を返す決まりとなっている。

「あんたの店は繁盛しているらしいね、お妙《たえ》さん」

「はい。お蔭《かげ》さまで、期日までにお返しにあがることができました」

うしろ戸の婆と向かい合うお妙が、整った顔をほころばせた。

お妙が初めて出直し神社を訪れたのは、昨年十月晦日《みそか》のことだった。御殿《ごてん》女中の職を辞して町方へ戻り、実家の古蔵に手を入れて茶屋を開いたのだが、客がまったく入らない。困った末に縁起のよいたね銭を授かりにきたのだ。

大枚八両を手にしたお妙は、それを元手に商いを再開した。新たな工夫と精進を重ねた結果、今や〈くら姫〉は江戸で知らぬ者のない人気茶屋となっている。

「その節は、おけいちゃんにもお世話になりました」

「そんな、わたしは何も……」

とびきりの笑顔を向けられ、思わずおけいははにかんだ。

一年前、うしろ戸の婆はたね銭を授けただけでなく、手伝いとして置いているおけいを、お妙の相談相手につかわしたのである。

自分がどれほど役に立てたのか、おけいにはわからない。お蔵茶屋に大勢の客を呼び寄せたのは、お妙のやる気と神さまの後押しがあってこそだと思っている。

（それにしても、お妙さまはますますおきれいになられた……）

ひさしぶりに間近で見るお妙は、高く結った笄髷《こうがいわげ》にべっ甲の櫛《くし》をさし、黒縮緬《くろちりめん》地に菊や葡萄《ぶどう》、桔梗《ききょう》などを染め抜いて金銀色糸の刺繍《ししゅう》をほどこした豪華な小袖《こそで》を着ていた。一年前に参拝したときと同じものを縁起担ぎで身につけたらしいが、二十九の大年増とは思えぬ目映《まばゆ》いばかりの麗しさだ。

うっとり見とれるおけいの前で、うしろ戸の婆が茶屋の商いについて訊《たず》ねる。

「人気店になったのは結構だが、小耳に挟んだところでは、江戸のあちこちに似たような店ができたそうじゃないか」

「うしろ戸さまのお聞きになったとおりです」

お妙の言葉には、あるか無きかの苦笑が含まれていた。

〈くら姫〉にあやかろうとする者たちが使われていない古蔵を買い取って、次々と茶屋の商いをはじめたのだ。

「うちの店を再開したのが今年の正月でしたが、翌月に三軒。夏までに十軒、秋になって七軒ほど、お蔵茶屋を称する店ができました」

そのほとんどが、カビ臭い古蔵の中で茶を飲ませるだけのお粗末な店で、開店して間もないうちに消えていった。しかし、今もつぶれず残っている中には、設《しつら》えやもてなしにこだわりを持った侮《あなど》れない店もあるらしい。

「本家本元として、あんたは追われる立場になったわけだ」

深い皺に埋もれた両目を細め、うしろ戸の婆が面白そうに美貌《びぼう》の女店主を見つめる。

お妙も意味ありげな笑みを浮かべて、その視線を受け止めた。

「もちろん私も、やすやすと追い抜かれるつもりはありません。年末年始に向けた新しい趣向として、〈菓子合せ〉を催してみようと考えております」

「菓子合せ！」

婆の脇に控えたおけいは、思わず小声に叫んでいた。どんな催しなのかわからないが、聞いただけでも心が浮き立つ。

「歌人がお題に沿った和歌を詠んで競うのが歌合せです。それに倣《なら》って、お題に則《のっと》ったお菓子を競う会を開きたいのですよ」

江戸中の菓子屋に縁起のよい〈宝尽くし〉のお題にちなんだ菓子を募り、抹茶、煎茶《せんちゃ》、ほうじ茶、それぞれの折敷《おしき》に合うものを選ぶのだという。

お妙自身も新しい試みが楽しくて仕方ないのだろう。極上の笑みを口の端にのせたまま、菓子合せがいかなるものかをおけいに教えてくれた。

「選ばれたお菓子は、それぞれ来年一月の折敷に添えてお客さまにお出しします。すでに株仲間を通じて、各町のお菓子屋さんにお知らせしました」

三種のお茶に添える月替わりの菓子はお蔵茶屋の名物だ。日本橋《にほんばし》・吉祥堂《きつしようどう》や黒門前の椿屋《つばきや》など、すでに世に知られた名店だけでなく、たとえば志乃屋《しのや》のような新参の小店でも、〈くら姫〉に菓子を卸したことで一夜にして有名店となった例もある。

「お題にかなったお菓子であれば、小さなお店の品でも受け付けます。この際ですから、なるべく多くの菓子屋とご縁を結ばせてもらうつもりです」

今まで〈くら姫〉に菓子を卸したいと願いながらも機会を得られず、指をくわえていた菓子屋や職人たちは、きっと今回の催しに奮い立っていることだろう。

（さすがお妙さま。思いつかれることに華があるというか、世間の目を引きつけるのがお上手だわ）

早くもおけいなどは、どこの菓子屋が参加して、どのような菓子が選ばれるのか、考えただけでわくわくしている。

「それで、いつ菓子合せとやらを催すのかね」

「師走《しわす》の煤払《すすはら》いの前日と決めました」

十二月十三日の煤払いには、町中の商家が総掛かりで店の大掃除をする。それが終われば年末年始の商いに向けて菓子屋は多忙となるので、前の日に今年の締めくくりとして、菓子合せをやってしまおうというのである。

「いいじゃないか。あんたの狙いが当たるよう祈っているよ」

「ありがとうございます」

暇《いとま》を告げたお妙のうしろについて、おけいも社殿《しやでん》の階段を下りた。

駕籠《かご》を待たせてあるという大寺院の裏道まで送るつもりだったが、裏道と神社を隔てる笹藪《ささやぶ》の中から、腰を屈《かが》めて長身の男が現れた。着流しに黒紋付きを羽織った二本差しは、すでに顔馴染《かおなじ》みの定町廻《じようまちまわ》り同心である。

「依田《よだ》さまではありませんか」

「よう、おけいさん。出かけるところだったか……」

巫女《みこ》姿の小柄な娘と、豪華な小袖をまとった美女を交互に見て、依田丑之助《うしのすけ》が太い眉尻《まゆじり》を下げた。

「私の用はすみました。ここで失礼いたします」

とっさに気を利かせたお妙が、御高祖頭巾《おこそずきん》で顔を覆う。

「では、おけいちゃん。きっと近いうちに遊びにきてくださいね。蝸牛斎《かぎゅうさい》さまも久しぶりに会いたいとおっしゃっていましたから」

そう言い残し、笹藪の小道の中へと消えていった。

「あれが〈くら姫〉の女店主か。噂《うわさ》には聞いていたが大した美人だな」

感に堪えない口ぶりが、おけいには意外に思われた。

「ご面識がなかったのですか」

「ああ。外にいた駕籠かきが教えてくれなければ、どこの誰かわからなかったよ」

お蔵茶屋がある紺屋町《こんやちょう》の一帯は、丑之助の持ち場である。

見まわり先で過分な心づけをねだる同心や岡っ引きが多い中、自ら金品を求めようとしない清廉な仕事ぶりで、受け持ちの商家から信頼を寄せられている丑之助だが、お妙と直《じか》に会って話したことはないという。

「どうやら自分の店の外では顔を見せないようにしているらしい。噂の美貌を拝みたければ、お蔵茶屋へ行って茶を飲むしかないというわけだ」

それはおけいも知らなかった。お妙は自分の存在を謎めかせることで、よりお蔵茶屋の値打ちを上げようとしているのだ。

(お客さまに何度も足を運んでもらうためにはどうすればよいか、お妙さまはいつも考えて過ごしてらっしゃるのだわ……)

ひとしきり感心したあとで、目の前に同心がいることを思い出す。

「失礼しました。まだ依田さまのご用をおうかがいしておりませんでした」

「今日はおけいさんに頼みがあってきた」

本物の牛のように厳《いか》つい丑之助が、おけいを見下ろして言った。

「だがその前に、うしろ戸の婆さまにご挨拶させてくれ」

◘

「季節が逆戻りしたようだな。十月半ばと思えない陽気だ」

青く澄みわたった空の下、御成《おな》り街道をゆったりと歩いていた依田丑之助が、うしろを振り返って言った。

「いきなり訪ねた上に無理を言ってすまなかった。引き受けてくれたのはありがたいが、かなり難しい相手だと覚悟しておいてくれ」

「大丈夫です。難しい方のお世話は慣れていますから」

おけいは小さな風呂敷《ふろしき》包みをひとつ抱えている。初めて出直し神社を訪れた丑之助に、病人の世話を頼まれたのだ。

「さっきお婆さまの前で話したとおり、病人というのは、昔、俺が剣術を教わった道場の奥方だ。半年ほど前から具合が悪くて、ほぼ寝たきりなのだが……」

厚意で世話をしてくれていた同じ裏長屋のおかみさんたちが、気難しいにも程があると言って、みな音を上げてしまったのだという。

「剣術道場の奥方さまが、裏長屋にお住まいなのですか」

不思議がるおけいに、丑之助が太い眉尻を下げて答える。

「六年前に伴侶の永井《ながい》師範が亡くなったのだよ。お一人になった奥方は、借りものだった道場を明け渡して、長屋へ移るしかなかった」

剣術師範の名は永井兵四郎《へいしろう》、奥方は房枝《ふさえ》といった。

近しい縁者のなかった房枝は、縫い物の内職などしながら細々と暮らしていたのだが、今年の春ごろから体調を崩して針も持てなくなってしまった。そこでかつての門弟たちが力を合わせ、恩師の奥方を支えると決めたらしい。

「昔から口やかましいところはあったが、意地の悪い人ではなかった。それが次第にひがみっぽくなって、寝ついてからはなおさら……」

丑之助がすまなそうにおけいを見やった。

秋口に流行《はや》り風邪《かぜ》が猛威を振るった際、おけいは人手の足りない診療所に臨時の下働きとして出向き、患者の救護に追われる医師たちの手助けをした。その奮闘ぶりを知っている丑之助としては、ぜひとも房枝の世話を任せたいのだという。

もとよりおけいに異存はない。しばらく神社から離れることを、うしろ戸の婆も快く承諾してくれたし、自分で役に立てるなら何処《どこ》へでも行くつもりだ。

善は急げということで、さっそく病人のもとへ向かっているのである。

いつしか神田《かんだ》明神の近くまできていた。明神下《した》と呼ばれるゆるやかな坂道には、多くの参拝客が行き来している。宿屋や飲み食いさせる店のほか、ちょっとした土産物《みやげもの》を売る店が両側に並び、門前町らしい雰囲気をかもし出している。

おけいは丑之助のうしろについて、香ばしい匂いのする煎餅《せんべい》屋の路地を曲がった。その先に六軒長屋があり、一番奥の家の前で立ち止まった丑之助が、呼吸を整えてから静かに戸を開けた。

「お邪魔いたします。奥方さま、お加減はいかがですか」

高からず、低からず、いかにも気をつかった声色だったが、いくら待っても返事がない。

「奥方さま、お加減は――」

再びうかがいを立てようとしたとき、棘《とげ》のある声がさえぎった。

「聞かずともわかるでしょう。加減ならいつも悪いですよ」

「は、申し訳ございません」

悪いこともしていないのに、頭を下げている。

「いつまで突っ立っているのです。早く入って戸を閉めないと、流行り風邪まで入ってきてしまいますよ。私にこれ以上の病を抱えさせるつもりですか」

丑之助は大急ぎでおけいを土間に入れて戸を閉めた。

四畳半ひと間の座敷には、枕屛風《まくらびょうぶ》が立ててあった。上がり口に頭を向けて寝ているらしいが、丑之助が布団の脇に座しても起き上がる気配はない。

「奥方さま、今日から住み込みで看病をしてくれる人をお連れしました。おけいさんといって、下谷《したや》の神社で――」

「看病などいりません」

病人がぴしゃりとさえぎった。

「前にも言ったはずですよ。がさつな長屋の女衆などに出入りされては、かえって具合が悪くなります。住み込みなんて、とんでも、ない」

口調も文句の中身も厳しいが、声の勢いは弱々しい。最後まで息が続かないところから察して、本当に具合がよくないのだろう。

そんな病人の不機嫌に慣れているのか、丑之助も簡単には引き下がらなかった。

「そうおっしゃらず、ご挨拶だけでもさせてください。診療所で働いたこともあるしっかりした娘さんですから」

「………」

沈黙を了解と受け取り、おけいが座敷に上がる。

わずかな所帯道具に囲まれて、病人は布団に横たわっていた。歳《とし》は五十代の半ばと聞いたはずだが、肩の上で結わえた白い髪と、皺の多い瘦《や》せた顔は、とうに古希《こき》を過ぎた老婆のようだ。

病気の奥方――房枝は薄目を開け、丑之助と並んで座ったおけいを盗み見たかと思うと、今度は大げさに驚いてみせた。

「まあ、呆《あき》れた。こんなみっともないアマガエルみたいな子供の巫女に、私の世話を任せようというのですか」

「お、奥方さま、それはあまりに――」

慌てる丑之助の横で、おけいが居住まいを正して畳に手をついた。

「けいと申します。背は伸びませんでしたが、歳は十七になりました。お目障りでしょうが、奥方さまのお世話をさせていただきたくお願いに上がりました」

そう言って頭を下げるおけいの顔は、頰《ほお》が膨らんで口も大きく、目が左右に離れている。

みっともないはともかく、アマガエルに似ていると評されることには慣れていた。

房枝はしげしげとおけいを見つめたあと、丑之助に視線を戻した。

「住み込みなんて簡単に言いますけど、世話を頼むにも給金がいるのですよ。それに座敷はひと間しかないのです。得体のしれない巫女と、枕を並べて寝るなんて、私は、真っ平、ですからね」

「給金は我々が何とかします。おけいさんの寝間については、ええと……」

「わたしの寝床でしたらご心配に及びません」

丑之助が窮する前に、おけいが答える。

「台所の隅に筵《むしろ》を敷いていただければ、それで十分ですから」

房枝は黙り込み、布団の上で背を向けてしまった。

◉

明け六《む》つ（午前六時ごろ）を告げる寛永寺《かんえいじ》の鐘が聞こえる。すでに目を覚ましていたおけいは、座敷で寝ている病人に障らないよう、そっと布団を畳んで筵の隅に寄せた。

土間に敷かれた筵と夜具一式は、丑之助が損料屋で借りてくれたものである。江戸には便利な店が多く、損料（借り賃）を払いさえすれば、夜具や蚊帳《かや》などのかさばる品を、必要なときだけ借りることができるのだ。

枕屏風の向こうから聞こえる寝息に耳を澄ませ、病人がよく眠っていることを確かめて表戸を開ける。

(うん、今日もよい天気になりそう)

白々と明けた空を見ながら裏へまわると、井戸の前に長屋の女衆が並んで、水を汲《く》みながらおしゃべりをしている。おけいも順番を待って釣瓶《つるべ》を使った。

明神下にきて今日で四日目、本来なら誰より早く働きはじめるが、早朝に物音をたてると房枝が嫌がるので、時間を遅らせて起きるようにしている。

台所の水瓶《みずがめ》を満たし、竈《かまど》で湯を沸かしてから再び座敷をうかがうと、布団の上で身じろぎをする気配があった。

「おはようございます、奥方さま。いま手水《ちょうず》をお持ちしますから」

すでに房枝は歩くこともままならず、布団の上に起き上がるのがやっとである。おけいは病人によけいな気をつかわせなくてすむよう、命じられる前に先まわりして世話を行うよう心がけていた。

寝汗で湿った寝間着を脱がせ、湯で手ぬぐいを絞って背中を拭《ふ》く。十二分に気をつけているつもりでも、かならず房枝が金切り声を上げる。

「熱い！　こんな熱いお湯を使って、火傷《やけど》でもしたらどうするのです」

「もたもたしないで、早く着せておくれ。風邪をひかせるつもりですか」

実際のところ、身体《からだ》を拭き清める湯はほどよき熱さで、着替えも手早くすませているのだが、房枝が難癖《なんくせ》をつけなかった日はない。

「痛い、痛い。こんな乱暴に扱われたら、骨が折れてしまいますよ。私が痛かろうと辛《つら》かろうと、どうでもいいと思っているのでしょう」

しかも、いちいち物言いに棘《とげ》がある。初めのうちは気の毒がって世話をしていた近所のおかみさんたちが、ひとり抜け、ふたり抜け、ついには誰も顔を出さなくなったというのもうなずける。

理不尽な叱責《しっせき》に『申し訳ございません』と詫《わ》びながら、おけいはようやく朝の大仕事を終えた。だがのんびりしてはいられない。次は朝餉《あさげ》の支度だが、三度の食事は長屋の家主でもある表店《おもてだな》が用意することになっている。

外へ出て路地を歩くと、まだ早朝だというのに煎餅を炙《あぶ》るよい匂いが漂ってきた。家主は〈えびす堂〉といって、神田明神の参拝客を相手に焼きたての煎餅を売る店なのだ。

「おはようございます。奥方さまの朝餉をいただきにまいりました」

「ご苦労さん。そこに用意してあるから」

路地に面した勝手口の奥で、壮齢の店主夫婦が朝餉をとっていた。店に出て煎餅を焼いているのは若旦那とその妹だろう。家族四人が力を合わせて、小店のえびす堂を切り盛りしているのである。

おけいは小鍋《こなべ》をのせた盆を持ち帰り、膳《ぜん》を整えて房枝に供した。

「どうぞ、奥方さま。今朝の香《こう》の物はナスの古漬けです」

房枝は食が細く、とくに朝餉は薄い粥《かゆ》をすする程度で箸《はし》を置いてしまう。少しでも食が進むよう、えびす堂の母娘が香の物を日替わりで工夫していた。

「もう秋ナスの旬は過ぎたでしょう。しかも身体を冷やすというのに……」

確かにナスは終わりの時期で、食べすぎると冷えるとも言われているが、細かく刻んだ古漬けからはすった生姜《しょうが》の香りもする。

「そうおっしゃらず、少しだけでもお召し上がりください。身体を温める生姜がまぶしてございますよ」

「また差し出がましいことを」

房枝ににらまれ、おけいは『申し訳ございません』と詫びる。

「そこで見張られていては食べる気もしません。あなたはさっさと自分の食事をすませてきなさい」

相変わらず手きびしいが、具合は悪くなさそうだ。ではそうさせていただきますと頭を下げ、長屋を退出した。

えびす堂の台所に続く板の間では、店番を交代した若旦那が朝餉をとっていた。

「よう、おけいさん。今から朝飯かい」

「おはようございます、ツルさん」

若旦那はツルと呼ばれている。本当の名前が鶴太郎なのか、鶴吉なのか、誰に訊ねても教えてくれない。当人も自分のことはツルでいいと言う。

「それで、今朝はどんな具合だい」

心配そうに訊ねるのは房枝のことだ。

ツルもかつては、房枝の亡き夫である永井兵四郎の剣術道場に通う門弟だった。町人の身ながら熱心な指南を授けられた恩義を忘れず、同門の依田丑之助らとともに、心もとない房枝の暮らしを支えてきたのである。

「ご気分は悪くないようです。ただ、かなり寝汗をかいておられました」

「そうか……よし、あとで甘酒を差し入れよう」

湯島《ゆしま》聖堂の前に小さな甘酒屋があり、腰の曲がった婆さんが五十年以上も作り続けている甘酒が滋養によいと評判なのだ。

「わたしが買ってまいりましょうか」

「いや、ついでがあるから」

自分でゆくとツルが答えたところへ、朝餉の膳を抱えた娘が現れた。

「お待たせしました、おけいさん」

「すみません。お手数をおかけします」

まかないの膳を用意してくれるのはツルの妹である。もう二十歳《はたち》は過ぎていると思われるが、嫁にも行かず、兄と一緒に家業を手伝っている。

兄のツルは小兵《こひょう》ながら精悍《せいかん》な顔立ちで、きびきびとよく働きよくしゃべる。頬のふっくらとした妹のほうは、内気な性分らしく口数も極めて少ないが、兄に負けず劣らずの働き者だ。

（あ、今度は甘いお煎餅の匂いがする）

白飯にひき割りの納豆をのせて食べていたおけいは、店先から漂う匂いに、思わず鼻をひくひくさせた。

えびす堂では醬油《しょうゆ》煎餅のほかに、江戸ではあまり見かけない味噌《みそ》煎餅を焼いている。小麦粉に味噌と砂糖、少しの卵を混ぜ、熱した鉄の板に生地を落として丸く焼きあげたものを、柔らかいうちに二つ折りにして形を整えたら味噌煎餅の出来上がりだ。これを袋詰めにして店先に並べると、参拝客が次々と土産に買ってゆく。

初めて明神下を訪れたとき、気難しい病人の世話にやってきた巫女姿の娘に、えびす堂の家族は売り物を惜しげもなく味見させてくれた。

『そら、うちの自慢の品を食べてごらん。卵を練り込んであるから安くはないけど、とても人気があるんだよ』

大人がふた口ほどで食べてしまえる大きさの味噌煎餅は、ぱりぱりとした軽い歯ごたえが小気味よい。でもその味わいは奥深く、味噌のしょっぱさと砂糖の甘さが溶け合って、気取らない茶請けにぴったりなのだった。

朝餉をすませたおけいは、井戸端で汚れものを洗った。きれいになった寝間着や手ぬぐいを干して長屋に戻ると、房枝の苦しそうな唸《うな》り声が聞こえた。

「奥方さま！」

高歯《たかば》の下駄《げた》を脱ぎ捨てて座敷に上がり、布団の上で身体を二つ折りにして苦しむ病人の背中をさする。

房枝は日に何度も痛みの発作に襲われた。主として下腹が痛むようだが、背中や腰にも痛みがでることもあり、長いときには一時《いっとき》（約二時間）以上も脂汗を流して身悶《みもだ》える。そのたびにおけいは傍《かたわ》らに付き添い、たとえ夜中であろうと痛みが引くまで背中をさすり続けるのだった。

幸いこのときの痛みは小半時（約三十分）ほどでおさまった。

汗で湿った寝間着を着替えさせ、今のうちに洗ってしまうつもりで盥《たらい》を抱えて外へ出たおけいに、横から声がかかった。

「おい、ちっちゃいの」

こんな失礼な呼び方をするのは一人しかいない。

「何かご用ですか、権兵衛《ごんべえ》さん」

「怒るな。本当のことだろう」

たとえ本当でも、わざと怒らせて面白がっているのが憎らしい。

おけいのふくれっ面《つら》にニヤリとした権兵衛は、素焼きの壺《つぼ》を差し出して言った。

「ツルに頼まれたものだ」

壺の中身は、今朝がた話していた甘酒だった。

権兵衛は湯島聖堂前の〈笹屋《ささや》〉という餡《あん》屋の若旦那である。その二軒隣が甘酒屋なので、手ずから届けにきたらしい。

「奥方はどうだ」

「さっきまで苦しんでおられましたが、今は落ち着かれています」

お会いになりますか、と訊ねるおけいに、少し考えたあとで首を横に振った。

「やめとくよ。おれの顔を見たって機嫌が悪くなるだけだ」

じつは笹屋の権兵衛も、かつて永井兵四郎の道場に通った門弟だった。

武家の子と町人の子を分け隔てなく扱う師範のもと、同期入門した依田丑之助とツルと権兵衛は、今でも気の置けない友人だと聞いている。

「丑之助のやつはクソ真面目《まじめ》だが、おれとツルはくだらない悪さをするものだから、奥方に叱《しか》られてばかりいた。しかもツルの野郎は要領がよくてな」

同じ悪戯《いたずら》をしても、殊勝な態度で謝るツルは咎《とが》められない。対して道場一のねじけ者だった権兵衛は、素直に謝らないどころかひねくれた言い訳を並べるので、房枝に厳しく叱られた。そのうち悪戯をしなくても、顔さえ見れば説教されるようになった。

「この期《ご》に及んでまだ説教を垂れようとするんだから、困ったババァだ」

右頰の大きな火傷痕《あと》をなでながら悪たれる権兵衛だが、同門の仲間と銭を出し合って房枝の暮らしを支える一人でもある。

「おーい、権さん」

えびす堂の勝手口でツルが呼んでいる。

「おう、話ってなんだ。忙しいんだからさっさとすませろよ」

権兵衛はおけいを置いてその場を離れた。


静かな寝息をたてて病人が眠っている。

甘酒の壺をそっと台所に置いたおけいは、盥を抱えて裏にまわった。

もう日は高く、誰もいなくなった井戸端で釣瓶を使って水を汲む。外神田のこのあたりは地面を穿《うが》った掘り抜き井戸だ。埋立地の水道井戸より底は深いが、おけいは小さな身体で釣瓶を扱うのが得意だった。

盥に水を張ってざぶざぶ寝間着を洗っていると、聞き覚えのある声が耳に入ってきた。

長屋と裏庭続きになっているえびす堂の縁側で、ツルが権兵衛を相手に何やら話し込んでいるのだった。

「だからさ、権さん。俺はやってみようと思う。お父《とっ》つぁんたちも、おまえの好きにしろと言ってくれたし、申し込むだけでも価値はあるだろう」

「よせよせ、よく考えてみろ」

意気込むツルを、ひとつ歳上の権兵衛がいなしている。

「菓子合せだか何だか知らないが、つまるところ茶屋の宣伝だ。そんなものに踊らされて菓子を作るなんて馬鹿らしい」

おけいはハッとした。菓子合せと言えば、確かお妙がそんな話を……。

「でも、得をするのは〈くら姫〉だけじゃないだろう。運よく師走の本選に残れたら、うちだっていい宣伝になるんだから」

やはり二人が話しているのは、〈くら姫〉で催される菓子合せのことだった。ツルが申し込むつもりで、親友の権兵衛に相談しているのだ。

「いいか、相手は茶と菓子に百文を払わせる高級茶屋だぞ。菓子を卸しているのも日本橋の吉祥堂をはじめ、名だたる老舗《しにせ》ばかりだっていうじゃないか。おまえが考えた菓子なんぞ、端《はな》から見向きもされないだろうよ」

「うーん、そうかなぁ……」

権兵衛は高望みなどしないようツルを説き伏せようとしているが、実際に〈くら姫〉を手伝ったことのあるおけいには、的はずれの忠告に思われた。

なぜなら〈くら姫〉には百文する抹茶の折敷だけでなく、五十文の煎茶の折敷もある。ほうじ茶の折敷なら三十文で注文することができる。菓子を卸す店も老舗に限ったわけでなく、志乃屋のような新参の小店も出入りしているのだ。

だのに権兵衛は、〈くら姫〉が派手な見せかけで客を誤魔化し、金儲《かねもう》けに走るあくどい店だと決めてかかっていた。

「そもそも、女店主とかいうやつがとんでもない女狐《めぎつね》なんだ。もとは大名屋敷に奉公する御殿女中だったらしいが、鬼が住むと噂されていた古蔵を安く買い取って、またたく間に流行りの茶屋に仕立てちまった。女狐というより鬼婆かもしれないな。どうせ菓子合せとやらも、出入りの菓子屋とぐるになったイカサマに決まっている」

おけいは腹が立ってきた。〈くら姫〉の店蔵は元々お妙の実家のものだったし、茶屋に客を呼び込むまでには辛酸《しんさん》も嘗《な》めている。よくあんな出まかせが言えたものだ。

ひとこと文句を言ってやろうと袖をまくっているうち、二人は話を切り上げて縁側からいなくなってしまった。

（結局、ツルさんはどうするのだろう。権兵衛さんの憎まれ口を真に受けて、菓子合せをあきらめるつもりかしら……）

気にはなっても、口を挟むだけの筋合いがない。

おけいは洗いものをすぐことに専心した。

◉

定町廻り同心の依田丑之助は、御用の合間にたびたび明神下をのぞきにくる。病人の具合だけでなく、おけいが難儀していないか気になるようだ。

「わたしのことはご心配なく。ただ、奥方さまのお小言が減ってきたようで……」

世話をはじめて六日も経《た》てば、多少は気脈が通じるようになる。

もとより気働きのあるおけいのこと、白湯《さゆ》を飲ませるのも、腰や背中をさするのも、病人がいちいち口に出して頼む前に、手を差し伸べるよう努めている。房枝としては文句を言う必要がないだけなのか、あるいは……。

「もう、お怒りになるだけのご気力がないのかもしれません」

声を低めてそう伝えてから、おけいは病人の枕もとへ丑之助を案内した。

「お邪魔いたします。ご気分はいかがですか、奥方さま」

青白い顔で横たわる房枝が、億劫《おっくう》そうに目蓋《まぶた》を開ける。横にいるのが誰なのか、すぐにはわからないようだったが、そのうち喉《のど》の奥からかすれた声がもれた。

「あれは、どうなりましたか。あの刀は……」

たしか二日前にも同じことを訊ねていた。四日前にも同じ言葉を口にして、丑之助から同じ答えを引き出したはずだ。

「永井先生の刀でしたら、私が大切にお預かりしています」

一瞬だけ安堵《あんど》の表情を浮かべた房枝だが、またすぐ眉根を寄せて訊ねる。

「まさか、売り払うつもりではないでしょうね」

「ご心配には及びません。あれは先生の形見です。若先生がお戻りになる日まで、責任をもってお預かりします」

今日もそれを聞いて納得したのか、房枝はゆっくりと目を閉じた。

「では、また近いうちにまいります」

早々に立ち上がった丑之助を、おけいは外まで見送りに出た。

「あんなご様子で、一日の大半は眠っておられます」

「そうか。俺たちにして差し上げられることが残っていればよいのだが……」

善人らしく考え込む丑之助だったが、結局、何をすればいいのか答えが見つからないまま、狭い路地を抜けて帰っていった。

おけいが座敷に戻ると、眠ったとばかり思っていた房枝が苦しげに呻《うめ》きながら、寝返りを打とうとしていた。

「おさすりいたしましょう」

布団の上に膝《ひざ》をつき、骨と皮ばかりの身体を横向きにさせて、優しく背中をさする。こうしていると、たとえ痛みが消えないまでも気がまぎれることを、自分の養父母をはじめ何人もの病人の世話をしてきたおけいは知っている。

痛みの発作はしばらく続いた。交互にさすっている両手のひらの感覚がなくなりはじめたころ、房枝が細い声で訊ねた。

「おまえ、在所《ざいしょ》はどこなの」

「神奈川宿《しゅく》に近い村です」

裕福な村役人の家に生まれながら、母親の不義の子だったおけいは、すぐ里子に出されてしまった。引き取ったのは品川宿《しながわ》で飯屋を営む夫婦である。大切に育んでくれた里親だったが、おけいが八つのとき続けざまに流行り病で他界した。

「品川宿……」

房枝は落胆した様子だったが、また気を取り直して訊ねた。

「宿場で若い浪人を見かけなかったかい。名前は佑一郎《ゆういちろう》。偽名を使っていたかもしれないけど、まだ若くて、左目の下にホクロがふたつ縦に並んで」

あいにく覚えはなかった。おけいが品川宿にいたのは九つまでだし、東海道《とうかいどう》の宿場にはひっきりなしに侍が出入りしている。とても覚えていられるものではない。

それから房枝に問われるまま、江戸へ出てきてからのことも話した。

蒲鉾屋、染物屋、宿屋、廻船問屋、呉服屋——。いくつもの店で子守りや下働きとして仕えたが、運の悪いことに、どの店もことごとくつぶれた。去年の秋、出直し神社にたどり着くまで、何軒もの奉公先を渡り歩いてきたのである。

「それほど居場所を変えたのに、佑一郎と会わなかったのかい」

「残念ですが……」

申し訳なさそうに背中をさするおけいの手を、房枝がうるさげに振り払う。

「いいから向こうへお行き。まったく誰もかれも」

役立たずだと嘆いて、布団をひっかぶってしまった。

その日の晩、病人が落ち着いたころを見計らって、おけいはえびす堂を訪れた。

「遅かったな。奥方の調子が悪いのか」

自分も遅めの夕餉をとっていたツルが、気づかわしげに訊ねる。

「なかなかお食事に手をつけてくださらなくて」

あとで気持ちが悪くなると言って、房枝は飯を厭《いと》うようになった。今も時間をかけ、ようやく粥を茶碗《ちゃわん》に半分だけ食べさせてきたところだ。

「お漬物は喉を通りづらいようです。嘗《な》め味噌か、つぶした梅干しのようなもののほうがいいかも……あ、すみません」

夕餉を運んできたツルの妹に、おけいは消え入りそうな声で詫びた。房枝の食事はツルの母親と妹が知恵を絞って用意したものなのだ。

だがツルの妹は気を悪くした風でもなく、ふっくらした頬に笑みを浮かべ、軽くうなずいて下がっていった。

「奥方の食事は妹が考えるだろう。おけいさんは自分の飯を食ってくれ」

「はい、いただきます」

おけいは素直に箸をとった。夕餉の主菜はタコと里芋《さといも》の煮つけである。ツルも三杯目の飯に味噌汁をかけてかき込んでいたが、そのうちタコの足を嚙《か》みちぎっているおけいに話しかけてきた。

「そういえば、昼間に丑之助がきていただろう。えらく考え込んでいたようだが、奥方に小言でも食らったのか」

店先で煎餅を焼きながら、友人の立ち去る姿を見ていたらしい。

「いいえ、お小言ではなくて――」

丑之助は奥方の気力の衰えを心配している。それに加え、見舞うたびに刀について問い詰められていることを打ち明けると、ツルが小さく舌打ちした。

「今さら丑之助を困らせても仕方なかろうに、いくら家宝だからといって……」

「家宝って、そのお刀が、ですか?」

人さまの事情を詮索《せんさく》しないよう気をつけてきたおけいだが、『家宝』という言葉を聞いた途端、態度をあらためた。なぜなら房枝の看病へ赴くことが決まった日、社殿を出ようとする耳もとで、うしろ戸の婆にささやかれていたからだ。

『宝さがしに行っておいで。見つけた宝は、持ち主のもとへ届けるのだよ』

それがどんな宝なのか、どこの誰に届ければよいのか、肝心なことは何ひとつ教えられていない。だがこれが今回おけいに与えられた、もうひとつのお役目なのである。以来、看病の合間に〈宝さがし〉の意味を探っていた。少なくとも房枝が寝ている長屋の四畳半にそれらしきものはなく、途方に暮れかけていたところへ、今ようやく宝と結びつきそうな言葉を耳にしたのだ。

おけいは左右に離れた目を丸く見開き、差しつかえなければ、その家宝とやらについて教えてほしいとツルに頼んだ。

「差しつかえはないさ。ほかの門弟たちも知っていることだし」

今後も奥方がたびたび口にするだろうから、むしろ知っておいたほうがいい。ツルはそう言って、箱膳を脇によけて話しだした。

「俺たちが剣術道場の仲間なのは知っているよな。俺と丑之助が十歳、権兵衛が十一歳のとき、三人が同じ日に道場の門を叩いたんだ」

永井兵四郎の道場は、内神田の冨松町《とみまつちょう》にあった。

町人地で借りた道場のため、門弟の半分は町人の子である。残りの半分も無役の御家人《ごけにん》や浪人の子弟がほとんどだったが、南町奉行所に勤めていた知人の口利きで、役人の子らが八丁堀《はっちょうぼり》の役宅から通っており、その中の一人が依田丑之助だった。

「俺と権兵衛は、どちらも地元では有名な悪ガキだった。俺は明神下、権兵衛は湯島聖堂あたりの子供を率いて張り合っていたのさ」

二人のガキ大将は縄張りをめぐって派手な喧嘩《けんか》を繰り返した。どちらも負けん気が強い性分で、大人が割って入るまで棒切れを振りまわして叩《たた》き合う。そのうち互いの親が、こんな乱暴者は剣術の先生に預けて性根を叩き直してもらうしかないと言いだし、二人そろって冨松町の道場へ連れて行かれたのだった。

「師範は立派な人だったよ。俺たちみたいな悪童にも手を抜くことなく、基本から剣術を教えてくれた」

永井兵四郎は一刀《いっとう》流の中でも中西《なかにし》派と呼ばれる分派の使い手だった。すでに五十を過ぎていたが、年長の門下生には自ら竹刀《しない》をとって厳しい稽古《けいこ》をつけた。

「同じ日に入門した丑之助がとっくに身につけていることを、俺と権兵衛は一から覚えないとけなかった。さいわい道場には師範の一人息子の若先生がいて、挨拶の仕方から竹刀の持ち方まで、手とり足とり教えてくれた」

親の言いつけで嫌々ながら通いはじめたツルと権兵衛だったが、防具をつけた打ち合い稽古へ進むころになると、すっかり剣術にのめり込んでいた。

もとより一刀流は難しい剣術論より実践を重んじる。思いきり竹刀を打ち合わせることで、悪童たちが持て余していた力がよい方向へと絞り込まれ、数年後には永井門下を代表する剣士として、他道場との試合に出るまでに上達した。

「試合に出るのは五人。俺はいつも先鋒《せんぽう》を務めた。権兵衛は次鋒《じほう》を任されることが多かったな。中堅は浪人の息子、副将は粘り強い御家人の子だ。大将に選ばれるのは、決まって丑之助だった」

同年の子らより体格がよい丑之助だったが、初めから剣術の腕が抜きん出ていたわけではない。入門した当初は穏やかで気のよいだけの少年かと思われた。それがいつの間にかめきめきと上達し、気がついたときには道場の筆頭になっていたという。

「強さの秘訣《ひけつ》は真面目さだよ。素振りの回数にしても、大概のやつは千回振れと言われたら九百くらいで茶を濁す。けど丑之助だけは、きっちり千回振り続けるんだ」

たとえ百回の差でも、一年後には大きな差になる。二年、三年と続けるうち、その差が実力となって現れても不思議ではない。

師範の兵四郎も、丑之助の愚直さに期待した。父親の跡目を継いで定町廻り同心になる前に、すべての奥義を伝えるつもりで熱心な指導を続けていたのだが——。

「おれたちが十七になった年の冬、先生は卒中で倒れてしまった」

右半身を病んで寝たきりとなり、日ごとに衰弱していったその夏の終わり、年長の門弟たちが枕もとに集められた。痩せてひとまわりも小さくなった兵四郎は、居並ぶ顔の中から門弟筆頭の依田丑之助を呼び寄せて言った。

『わしの手で免許皆伝させてやれずに残念だ。代筆だが、芝口《しばぐち》の浅利《あさり》先生に宛てた書状がある。おまえさえよければ、これを持って浅利道場の門を叩くがよい』

早い話が、同じ流派の道場に移って剣を極めろということだ。

『それと、この刀を……』

勝手の利かない身体をよじり、兵四郎は枕もとの刀掛けから長刀をつかんで丑之助に差し出した。

『永井家に代々伝わる業物《わざもの》だ。これを、おまえに託しておく。ほかの者たちも、それで承知してくれるか』

ツルや権兵衛などの町人はもちろん、武家の子弟たちも異議を唱えなかった。師範の教えを実直に学び、その剣技を最もよく受け継いでいるのは依田丑之助だと、誰もが認めていたからだ。

本人だけは固辞しようとしたが、朋輩《ほうばい》たちに説得され、遠からず師の形見となるはずの名刀を押しいただいたのだった。

「半月後に永井先生は他界した。丑之助は勧められた道場へ行くかどうか迷っていたが、そのうち親父《おやじ》さんが大怪我《おおけが》をして、やつも剣術の稽古どころではなくなった」

丑之助は免許皆伝をあきらめ、目録どまりのまま父親の跡を継いで、定町廻り同心となったのである。

「でも、まだわからないのですが……」

辛抱強くツルの長話を聞いたあとで、おけいは首をかしげてみせた。

「剣術の先生には、若先生と呼ばれるご子息がいらしたのでしょう。なぜ実の子をさしおいて、依田さまに刀が託されることになったのですか」

たとえ門弟たちが納得しても、房枝がこの取り決めを不服に思っているのは明らかだ。繰り返し刀について問い詰められる丑之助も気の毒だし、そもそも若先生とやらはどこにいるのだろう。

「それで困っているんだよ、おけいさん」

ツルが大きなため息をついた。

永井兵四郎と房枝のあいだには、佑一郎という一人息子がいた。幼少のころから父親の指南を受けてはいたが、あまり剣術を好まなかったらしい。

「好む、好まないはさておき、若先生には才能があったと俺は思う。おひとりで黙々と型稽古を続ける姿は様になっていたし、俺たちが入門したてのころは、竹刀の持ち方から教えてくれた。けど――」

佑一郎は立ち合い稽古をしなかった。ツルが覚えているかぎり、竹刀を構えた相手とまともに向き合う姿を見たことがない。年かさの門弟たちの噂によれば、打ちかかられると足がすくみ、相手の竹刀が顔の近くをかすめただけで目をつむってしまうらしい。

「それが本当なら剣術家として命とりだ。師範の跡など継げるわけがない。若先生もずいぶん悩んでおられたようで、俺たちが入門して二年が経ったある日、ふいに道場からいなくなってしまった」

一人息子の出奔《しゅっぽん》は、永井夫婦にとって降って湧《わ》いたような不幸だった。とくに房枝の悲嘆は激しく、思いつく立ち寄り先を片っ端から訪ね歩いても、佑一郎の足跡を辿《たど》ることができなかったという。

(わたしにお訊ねになった佑一郎さまとは、ご子息のことだったのか……)

失踪から今年で十三年。まだ息子をあきらめきれない房枝は、おけいにその消息を求めたのだろう。

「奥方のお気持ちはわかる。けど永井先生だって、よく考えた上で丑之助に家宝を託されたわけだし、そもそもドウタヌキの刀に相応《ふさわ》しい者となれば――」

「えっ、銅タヌキの刀？」

文福茶釜《ぶんぶくちゃがま》の話なら聞いたことがあるが、銅の刀に化けたタヌキがいたとは知らなかったと目を見張るおけいに、ツルが腹を抱えて笑いだした。

●

「はは、タヌキが化けた刀とはよく言ったものだ」

房枝を見舞ったあと、えびす堂の縁側で丑之助が豪快に笑った。

自分もえびす堂に呼び出されたおけいは、丸い頬をプッと膨らませた。よりアマガエルに似てしまうのはわかっているが、昨日もツルに大笑いされたばかりなのだ。

「いやいや、町娘が同田貫《どうたぬき》を知らないのは当然だよ。すまん」

笑いを収めた丑之助が、永井家に伝わる刀についておけいに教えてくれた。

同田貫というのは、その昔、肥後国《ひごのくに》を治めた加藤清正《かとうきよまさ》公お抱えの刀鍛冶《かたなかじ》たちが住んでいた土地の名であり、タヌキとは何の関係もない。

「同田貫にもいくつかの分派があって、俺が先生からお預かりした長刀は、菊池住《きくちじゅう》同田貫と呼ばれるものだ」

どの分派にも共通するのは、『折れず曲がらず同田貫』のうたい文句にあるとおり、実用を旨とする剛健な刀であるということだ。将軍家剣術指南の柳生《やぎゅう》家や、お試し斬りで有名な山田浅右衛門《やまだあさえもん》なども、同田貫を愛用したと言われている。

「永井先生も惚《ほ》れ込んでおられた。初めて抜身を見せていただいたときは、背中がゾクッとして鳥肌が立ったよ」

「ああ。大太刀《おおだち》みたいな風格のある刀だったよな」

途中から話に加わったのは、店番を父親に任せてきたツルである。

「俺も一度だけ拝見したが、あれは丑之助くらいの上背がなければ使いこなせない代物《しろもの》だ。なにしろ長さが二尺五寸（約七十六センチ）近くあるからな」

大名が登城の際に帯びる太刀の長さは、二尺三寸（約七十センチ）の決まりがあるが、実用刀となると二尺一寸（約六十三センチ）程度のものが多かった。

「直刃《すぐは》で気取りがなく、手にずっしりとくる重みも頼もしい。あれほどの業物が赤の他人の手に渡るのだから、奥方も心穏やかではいられないのだろう」

房枝の心情を思いやる丑之助も、じつはかなりの刀剣好きだ。知り合いの柄巻師《つかまきし》のもとに名のある刀が預けられたときは拝見を求めていたほどだが、もしこの先、師範の息子が帰参することがあれば、迷わず同田貫を返上するに違いない。

（依田さまは、そんなお方だ）

知り合って二か月足らず。おけいが知るかぎり、定町廻り同心としての丑之助は、自分の手柄より悪事を前もって防ぐことに重きを置いていた。たとえ傍《はた》から鈍いと評されようとも、冤罪《えんざい》を生まないよう細心を尽くし、ゆっくりと調べを進める。

そんな人柄に信頼を寄せる町衆から、多少のからかいを込めて〈牛の旦那〉と呼ばれる若い同心に、いつしかおけいは敬慕の念を抱くようになっていた。

「すまないが、おけいさん。また頼みたいことがある」

真っすぐな目で自分を見上げる小柄な娘に、丑之助が腰を屈めて言った。

「今から小石川《こいしかわ》へ行ってもらえないだろうか。例のご老人のところだ」

「狂骨《きょうこつ》先生、ですか」

丑之助がうなずいた。

「下っ引きの留吉《とめきち》を行かせようかとも思ったが、あの先生はなかなかのヘソ曲がりでいらっしゃる。その点、おけいさんは気に入られているようだから」

うまく機嫌をとって、ここまで連れてきてもらいたいという。

理由は聞かずともわかった。小石川の狂骨といえば、物乞いにしか見えない貧しい風体《ふうてい》ながら、流行り医者にも治せなかった肩こりや腰痛を揉《も》み療治《りょうじ》で癒《いや》し、深手を負った娘の命まで救ってしまった不思議な老人なのである。

「奥方さまを診《み》ていただくのですね」

「うむ。ただし、ご本人には内緒にしておいてくれ」

寝ついて久しい房枝だが、まだ一度も医者にかかったことがない。世話をする門弟たちが近くの医者を呼ぼうとしても、頑として断り続けているのだという。

「たぶん、俺たちの懐《ふところ》具合を心配しておられるのさ」

実のところ、気位が高くて口やかましい房枝を、心から慕った門弟はいなかった。永井兵四郎が亡くなって以降、房枝に手を差し伸べたのは、次第に窮乏してゆく恩師の奥方を見捨てることができなかった一握りの門弟だけだ。

嫌味ばかり言って強がっても、今は丑之助やツルや権兵衛たちの温情にすがって生きる身であることを、本人も十分すぎるほどわかっているのだろう。

「小石川の狂骨老人なら医者には見えないだろう。それに、案外うまく奥方をなだめてくださる気がしてな」

「わかりました。さっそく行ってみます」

妹と交代で奥方の様子をみるというツルにあとを任せ、おけいはその足で小石川へ向かうことになった。

小石川伝通院《でんづういん》の北東にはいくつもの分院と墓所が続いている。

狂骨への手土産をたずさえて道を急いでいると、前から歩いて来る女が、おけいに向かって控えめに笑みを向けた。

「あっ、おしのさん！」

「やっぱり、おけいさんでしたか」

うれしそうに目を細めたのは、外神田で菓子屋を営む女店主である。

「お久しぶりです。端午《たんご》の節句にお会いして以来ですね」

今年の五月、紺屋町の手習い師匠を手伝っていたおけいは、子供らに振る舞う節句用の菓子を、おしのの店で融通してもらっていた。

「あのときは無理を聞いていただいて、ありがとうございました。子供たちは〈志乃屋〉の柏餅《かしわもち》に大喜びでした」

相生町《あいおいちょう》の志乃屋は、じき四十に手が届こうとするおしのが一念発起してはじめた店だ。素朴な菓子を作り売りする小店だが、〈くら姫〉にほうじ茶用の茶菓子を卸したことから名を知られるようになり、今では江戸の人気店のひとつに数えられていた。

「私のほうこそ、おけいさんにはひとかたならぬお世話になりました。ところで今日は小石川にご用事でも？」

この先の知人を訪ねるところだと、正直かつ簡単に答える。

「そうですか。私は久しぶりにお父つぁんのお墓を参ってきたところです。志乃屋をはじめてからずっと忙しくて、お参りできなかったものですから」

長崎生まれの菓子職人だったという父親の墓が、この先にあるらしい。

それから互いの近況や、志乃屋も〈くら姫〉の菓子合せに申し込むことなどを聞いたあと、また近いうちに会うことを約束して別れた。

(志乃屋さんも初見の店と同じように申し込むのね。出入りの菓子屋だからって特別扱いをしてもらえないのだわ)

ひね者の権兵衛などは菓子合せがイカサマだと決めてかかっているが、二度にわたって行われる予備選考から十二月十二日の本選まで、けっして特定の店だけ依怙《えこ》贔屓《ひいき》することはないと、店主のお妙は公言しているのだという。

(当然だわ。だって菓子合せを一番楽しみにしてらっしゃるのはお妙さまご自身だもの。イカサマなんてする意味がない)

明神下に戻ったら、えびす堂のツルに今の話を聞かせてやろう。せっかく菓子合せに申し込むつもりだったのに、権兵衛のつまらない憎まれ口を真に受けてあきらめるなんてもったいない。

そんなことを考えるうち、見覚えのある墓所についた。

以前ここで供え物の酒を盗もうとして寺男に捕まった老人を、墓参りにきた茜屋《あかねや》の店主とおけいが助けたことが、その老人——狂骨と知り合うきっかけとなった。

墓所の奥には鬱蒼《うっそう》と茂る竹藪《たけやぶ》があり、その先に手入れの行き届いた美しい竹林が広がっている。

おけいが清々《すがすが》しい青竹の香りを楽しみながら進むと、行く手に簡素な筵掛《むしろが》けの小屋がいくつも現れた。これらの小屋では行き場のない物乞いたちが、身を寄せあって暮らしている。くだんの狂骨老人も物乞いにまじり、古い堂宇で起居しているのである。

「ごめんください。先生はおられますか」

朽ちかけた古堂の前で呼びかけると、待つほどもなく唐戸《からと》が開いた。中から顔を出したのは痩せ老人ではなく、十一、二歳かと思われる少年である。

「あなたは、先月もお見えになった巫女さまですね」

「はい。その節はありがとうございました」

前に狂骨を訪ねたとき、おけいはよそ者を追い払おうとする物乞いたちに石をぶつけられた。そこで助けてくれたのが、目の前にいる少年だ。

「あいにく狂骨先生は、新たに運び込まれた病人にかかりきっておられます。まだ当分は手が離せないと思うのですが……」

今朝がた墓所のはずれで、物乞いたちが行き倒れの病人を見つけて連れ帰った。ひどく衰弱していたらしく、予断を許さないのだという。

「――そうですか」

急病人とあれば仕方がない。おけいは自分の用をかいつまんで説明し、目の前の少年に言《こと》づてを頼んだ。

「承知いたしました。あとでかならずお伝えいたします」

「よろしくお願いします。それからこれを狂骨先生に」

おけいが手土産に持参した酒徳利《さかどくり》とカレイの干物を、少年は一礼して受け取った。

「恐れ入ります。お酒は言うに及ばず、先生は〈ひもくの魚〉がお好きなのです」

聞き慣れない言葉に、おけいが首をかしげる。

「ひもくの、さかな……。それはカレイの一夜干しですけど?」

ああ、そのとおりです、と、可笑《おか》しそうに少年が破顔した。受け答えは大人びていても、笑った顔は年相応にあどけない。

「わたしもここにきて知ったのですが。カレイやヒラメのように目が片側にしかない魚のことを、比目魚《ひもくぎょ》というそうです」

比目魚は二匹が合わさってようやく一人前に泳ぐことができる。そこから仲のよい夫婦のたとえに使われるのだと、狂骨が教えてくれたらしい。

「お待ちください。念のため、竹林の外までお送りしましょう」

徳利と〈ひもくの魚〉を古堂の中に入れ、取って返した少年が壊れかかった階段を飛び下りた。物乞いたちの中には荒くれ者がおり、自分たちの縄張りでよそ者を見かけると、石を投げて追い返そうとするのだ。

おけいは厚意に甘えることにして、少年のうしろに付いて歩きだした。

前に会ったときにも思ったが、伸ばした総髪をひとつに束ね、つんつるてんの短い袴《はかま》をはいた少年は、武家の子供らしい物腰が身についていた。

見られていることがわかったのか、少年は問わず語りに自分のことを話しだした。

「両親とわたしが故郷を離れ、放浪の末にこの竹林までたどり着いたのは、三年前のことです。その半年後に労咳《ろうがい》を患っていた母が死に、間もなく父も同じ病に倒れました」

今や父親も死の床にあり、向後の始末を含めて狂骨に一切を委ねている。遠からず天涯孤独の身となる少年に、狂骨は学問を授けているのだという。

（本当に不思議なご老人だわ。長く風来坊の暮らしをされていたと聞いたけど）

案外、もとは名のある医者だったのかもしれない——。

そんなことを考えながら竹林を抜け、荒れた竹藪の丘を越えてもとの墓所に戻ったおけいは、少年と別れて小石川をあとにしたのだった。

狂骨が神田明神下のえびす長屋を訪ねてきたのは、その晩のことだった。

夕餉の粥に手をつけることなく、ぐったり横たわっていた房枝だが、布団の横に座した痩せ老人を見るなり眉をしかめて言った。

「誰ですか、この冬田の案山子《かかし》みたいな年寄りを家に入れたのは」

「冬田の案山子とはうまいことを」

骨ばった身体に筒袖《つつそで》の上着と膝切りという質素ないでたちの狂骨は、真っ白い蓬髪《ほうはつ》におおわれた頭を掻《か》いてみせた。

「奥方さま。こちらのご老人は狂骨先生といって、以前わたしがお手伝いをさせていただいた茜屋の旦那さまを治療された方です」

今夜は丑之助やツルたちの考えで、わざわざきてもらった旨をおけいが伝えると、房枝は精一杯の怖い顔をして見せた。

「また勝手なことをして。医者など呼ばなくてよいと何度言ったら……」

身を起こそうともがく病人を、狂骨の手がやんわり押しとどめる。

「わしは医者ではない。おまえさんの言うたとおり、用済みになって捨てられた案山子みたいなものだ。しかるに今日の留守中、そこの娘が治療代として置いていった酒と干物を、うっかり飲み食いしてしもうてな」

穏やかな口調で語りかける狂骨には、吹けば飛びそうな見かけと裏腹の、堂々たる威厳が備わっている。

「ここで何もせぬまま引き上げては、ただ食い、ただ飲みの誹《そし》りを受ける。せめて脈など取らせてもらえまいか」

剣術師範の妻として二十余年を過ごした身に通じるものがあったのか、房枝はそれ以上のケチをつけようとせず、大人しく細い腕を差し出した。

「まずはお脈、あとで腹を診させていただく」

狂骨は両手首の脈を診たあと、身体の向きを変えさせながら慎重に腹を診察し、続けて揉み療治をはじめた。かつておけいが茜屋の別宅で目にしたような、手のひらに重みをかけて押す手技ではない。腹や背中には一切触れず、さらさらと流れるような軽い動きで、腕と脚のみをさすってゆく。

あんなに軽く手足をなでるだけで効くのだろうかと、おけいには心もとなく思われたが、療治を受ける房枝はいかにも心地よさそうで、うっとり目を閉じたかと思えば、そのまま軽い鼾《いびき》をかいて眠ってしまった。


「まさか今夜のうちにきていただけるとは思いませんでした。お忙しいところを、ありがとうございました」

急ぎ小石川へ戻るという狂骨に、おけいが表道まで見送りに出て頭を下げた。

「あの、それで、先生のお見立てはどのような……」

肝心なことを訊ねたのは、えびす堂のツルである。店先で味噌煎餅を焼きながら、療治が終わるのを待っていたのだ。

「下腹に大きな腫物《はれもの》がある。もうどうにもならん」

狂骨は自分の見立てを簡潔に伝えた。

「どうにもならん、とは」

「もって三日。実際はもう少し早かろうな」

言葉を失うツルとおけいの前で、狂骨は懐から薬の包みを出した。

「痛みに苦しむようならこれを飲ませよ。飯は無理に食わせんでもいい」

もったいないから食べさせるなという意味ではない。食事も水も、本人が求めないならそのほうがいいという。

看取《みと》りの心得を聞かされているのだと、ツルにもおけいにもわかっていた。頭でわかっていても、心は受け止めきれずにいる。以前より弱ったとはいえ、まだ憎まれ口をたたいている房枝が、本当に三日後にはいなくなってしまうのだろうか。

呆然《ぼうぜん》とするおけいの手に薬を握らせ、さっさと立ち去ろうとする狂骨を、ツルが慌てて追いかける。

「お、お待ちください。これを――」

差し出したのは、数人の門弟で出し合った治療代である。

「いらん。先に酒と肴《さかな》を受け取っておる。だが、どうしてもというなら」

振り返った狂骨が、えびす堂の店先を向いて鼻をうごめかせた。さっきまでツルが焼いていた味噌煎餅の匂いが、あたりに濃く漂っている。

「美味《うま》そうな匂いだ。往診代として一袋よこせ」

「とんでもない。あれは試しに焼いてみただけの失敗作で……」

ツルは顔を赤らめ、手を左右に振った。

一度は菓子合せに挑むことをあきらめたツルだったが、おけいが小石川で会った志乃屋のおしのから聞いた話を伝えたところ、再びやる気に火がついた。さっそく今日の商いを終えて、新作の菓子に取りかかっていたのだった。

「つべこべ言わずに持ってこい。わしは今すぐ煎餅が食いたい！」

癇癪《かんしゃく》を起こしたときの狂骨は、老人というより幼児のようだ。

言うとおりにしたほうがいい、と、おけいに小声でささやかれ、ツルがあたふたと大きな紙袋に詰めて持ってきた。

「本当にこんなものでよろしいのでしょうか」

紙袋に入っているのは妙なかたちの味噌煎餅ばかりだった。筒状に丸めたものや、四角や三角に折ったもの、サザエの殻のようなものもある。

不安げなツルから紙袋を受け取り、丸まった煎餅をひとつ口に放り込んだ狂骨が、ばりぼり小気味よい音をたてながらうなずいた。

「よい味だ。失敗作の始末に困ったら、わしのところに持ってこい」

胸を反らせて言い残し、小石川の竹林へと帰っていった。

翌日の朝、ツルから知らせを受けた丑之助と権兵衛が駆けつけ、房枝の枕もとに三人の雁首《がんくび》が並んだ。

「こんなに早くから何ごとです。あいにくですが、私はまだ死んでいませんよ」

「いや、そのようなつもりでは……」

思いのほか元気そうな病人を前に、ツルが冷や汗をかいている。

おけいの目から見ても、今朝の房枝はこれまでになく血色がよかった。おそらく昨夜の揉み療治が効いているのだろう。

「あなたたちときたら、目を離すとロクでもないことばかり。お寺の鐘を木刀で叩いたり、よその道場の子らと喧嘩をしたり、そのたびに私は謝罪に走って……」

昔の話を次々と持ち出され、三人の門弟が首をすくめる。

「どうせ、お稽古も怠けているのでしょう」

「怠けてなどおりません。朝の素振りは続けております」

三人のうち、ただ一人の武家である丑之助が答えた。

「毎日というわけにはいきませんが、ツルや権兵衛も型稽古をしています。子供のころに若先生が教えてくださったことを忘れず――」

ツルが横肘《よこひじ》で突いたときには遅かった。

若先生と聞いて、落ち窪《くぼ》んだ目で房枝が門弟たちを見渡した。

「まだ佑一郎は見つからないのですか。まさか、もう探すのをやめてしまったのではないでしょうね」

「と、とんでもない。御用の筋で出かける際には、先々で気をつけております」

「俺と権兵衛も、遠方の客に消息を訊ねるようにしていますから」

そう言ってなだめたものの、佑一郎の出奔からすでに十三年が経っており、今となっては雲をつかむような話である。

だが房枝はあきらめていなかった。門弟たちが頼みにならないと悟ると、布団の反対側に控えている小柄な娘に向かって手を伸ばした。

「おまえ、頼まれてくれるかい」

「えっ、わたし、ですか？」

驚きながらも身を乗り出したおけいの白衣の袂《たもと》を、痩せた指が握りしめる。

「探してきておくれ。もう一度、佑一郎に会いたい」

「奥方さま……」

「会わずには、死ねないのだよ」

黒ずんだ頬に一筋の涙が伝うのを見たおけいは、とっさに手を握り返していた。

上野《うえの》の寛永寺は広大な敷地を有している。名高い吉祥閣《きっしょうかく》をはじめ、阿弥陀《あみだ》堂と法華《ほっけ》堂を結ぶ文殊楼《もんじゅろう》、天を衝《つ》く五重塔などがそびえる伽藍《がらん》は、徳川家の菩提寺《ぼだいじ》にふさわしい壮麗な眺めである。朝の境内《けいだい》には、すでに大勢の参拝客や遊山《ゆさん》の者がいるのだが、あまりに土地が広いせいか窮屈な感じはしない。

●

おけいは小高い丘の上にある、清水《きよみず》堂の一角に立っていた。今から十三年前、永井家を飛び出した佑一郎が、最後に立ち寄ったとされる場所だ。

意外や、おけいをここまで連れてきてくれたのは、笹屋の権兵衛だった。

『おいおい、本当に行くつもりなのか』

明神下の表道で、依田丑之助は呆れたような困ったような、えもいわれぬ顔をした。

『奥方の世話は、俺と妹でなんとかするけど、今さらなぁ……』

えびす堂のツルも困惑の色を隠せなかった。

おけいが本気で佑一郎を探しに行くと知った両人は、奥方には申し訳ないが、どう考えても見込みはない、無駄足になるだけだと言って引きとめた。ひねくれ者の権兵衛だけが、佑一郎が最後に立ち寄ったと思われる場所まで案内してくれたのである。

『ここだ。この清水堂に参詣した若先生は、しばらく不忍池《しのばずのいけ》を眺めたあと、どこかへ行っちまったらしい』

当時まだ子供で探索に加われなかったという権兵衛は、自分が覚えていることをおけいに伝えてしまうと、店へ戻る前に念押しした。

『いいか、ちっちゃいの。おまえがババァの我儘《わがまま》に付き合う義理はないんだぞ。その短い足がすり減る前に、見切りをつけて帰ってこい』

いちいち癇《かん》に障る物言いである。しかしそれも、房枝の最後の願いをおざなりにできない権兵衛なりの優しさなのだろう。

ともあれ一人になったおけいは、かつて佑一郎もそうしたように、清水堂の丘に立って不忍池を見下ろした。

池には桟橋で岸とつながった弁天島《べんてんじま》があり、お堂に祀られた弁財天《べんざいてん》を詣でる人々がアリの行列よろしく行ったり来たりしている。岸辺にもたくさんの露店が建ち並んで、夜には明かりが灯《とも》され一段と賑《にぎ》やかさを増す。

江戸でも指折りの盛り場を眺めながら、おけいは家を捨てた佑一郎の心の動きについて思いを馳《は》せた。

剣術家の嫡男《ちゃくなん》として生まれながら、木刀どころか竹刀の打ち合いすらできない自分を、佑一郎はずっと不甲斐《ふがい》なく思っていたことだろう。不肖の息子さえいなくなれば、いずれ両親が才能のある門弟を養子に迎えるとでも考えたのだろうか。

佑一郎の心得違いが、おけいにはなんとも残念に思われた。

永井兵四郎とその妻は、養子を迎えることなど考えもせず、一人息子の帰りを待った。今も死の床にある母親が待ち続けていることを、当の息子は知らないのだろう。

(とにかく佑一郎さんが、ここからどこへ向かったかを考えよう。日光《にっこう》街道を使って江戸を離れるつもりだったのかしら。それとも本郷《ほんごう》あたりで中山道《なかせんどう》に入ったのか)

手形を所持していない者が街道の関所を越えることは難しい。おそらくご府内《ふない》のどこかで身をひそめているというのが、探索に加わった大人たちの見解らしい。

ちなみにご府内とは、江戸町奉行の支配が及ぶ、品川の大木戸《おおきど》、四谷《よつや》の大木戸、本所《ほんじょ》、深川《ふかがわ》、板橋《いたばし》宿、千住《せんじゅ》宿の内側を指す。絵図で見ればごく狭い範囲でも、人ひとり探すとなれば勝手は違う。

『どう考えても見込みはない』

『無駄足になるだけだ』

丑之助とツルの真っ当な忠告が、おけいの頭の中を駆けめぐる。

どうやら自分には荷が重そうだと、悪い予感を噛みしめつつ、いつしか寛永寺の北辺をまわって谷中《やなか》へ続く道を歩いていた。

感応寺《かんのうじ》や根津権現《ねづごんげん》などの寺社が点在する谷中の森は、高い木立が鬱蒼《うっそう》と茂って昼間でも薄暗い。人目を避けていたと思われる佑一郎が、見通しのよい表街道より、静かな谷中の道を選んだとしてもおかしくない。

（このまま谷中を抜けて、隅田川《すみだがわ》の渡しまで行ってみようかしら）

ほかにこれといった当てのないおけいが杉木立の道を歩いてゆくと、やがて左に石灯籠《いしどうろう》が並ぶ坂道が見えてきた。根津権現へと続く参詣道である。

昨日、小石川へ行く途中で出会ったおしのは、まだ志乃屋を開く前にここの門前町で露店を出していたことがある。可愛《かわい》らしい手作りの駄菓子を目当てに、幾度か通ったおけいにとってても懐かしい場所だ。

せっかくなので社務所に寄って佑一郎の消息を訊ねてみようと思ったそのとき、頭上で間の抜けた鳥の鳴き声がした。

『あっぽー』

ハッとして顔を上げると、カラスよりもひとまわり小さな鳥が、石灯籠の上にとまってこちらを見ていた。真っ黒な羽に、目の上だけが老人の眉のように白いその姿は、貧乏神の使いとされる閑古鳥《かんこどり》だ。

「閑九郎《かんくろう》！」

思わず大声を出したあとで口を押さえる。閑古鳥の姿が見えるのは、貧乏神をお祀りするうしろ戸の婆と、自分だけなのである。

『あっぽー』

うしろ戸の婆が閑九郎と名づけて可愛がっている不思議な鳥が、おけいと目を合わせたまま空へ舞い上がった。

（よし、ついて行こう……！）

黒い翼が飛んでゆくのは、目指そうとしていた感応寺方面ではない。方向違いの北東の空だが、迷わず閑古鳥のあとを追った。自分をどこかへ導こうとしていることが、これまでの経験でわかっているからだ。

大木のそびえ立つ林を過ぎ、小さな寺院の敷地を次々とすり抜けて走った。

土塀やぬかるみに阻まれて遅れそうになると、閑古鳥も木の梢《こずえ》にとまって休む。遠まわりしたおけいが追いつくのを待って、再び空へと羽ばたいた。

どれくらい駆けたか。気がついたときには、まわりを囲んでいた高い木々や寺の建物はなく、広い田地の畦道《あぜみち》を走っていた。

（ここは、浅草《あさくさ》田んぼだわ）

浅草寺《せんそうじ》の裏手に広がる田地のことを、江戸の人々は〈浅草田んぼ〉と呼ぶ。

すでに刈り入れが終わり、乾いた土がむき出しになった田んぼの上で、閑古鳥が気持ちよさげに風に乗っている。

おけいは息が上がって苦しかったが、白衣の袂と若草色の袴の裾《すそ》をひるがえし、歯を食いしばって畦道を走った。

浅草田んぼの北側で、田地は〈吉原田《よしわら》んぼ〉と名を変える。その名のとおり、一面の田地の中に忽然《こつぜん》と現れる長大な塀と堀に囲われた内郭こそ、音に聞こえた吉原遊郭《ゆうかく》だ。

（もしや吉原の中に。でも……）

おけいは走りながら考えた。廓《くるわ》の中には遊女だけでなく、妓楼《ぎろう》や茶屋で働く男たちも暮らしている。警固のために雇われた浪人もいるだろうが、打ち合いが苦手な佑一郎に用心棒が務まるかは疑わしい。

悩む必要はなかった。三千人とも言われる籠《かご》の鳥たちが見上げる廓の空を、誰の束縛も受けない閑古鳥が悠々と越え、外堀の向こう側へ下りていったからだ。

堀に沿っておけいが遠まわりをし、閑古鳥の舞い降りたあたりへ行ってみると、そこには見通しのよい道が南北に通じていた。五街道のひとつ、日光・奥州《おうしゅう》街道である。

（街道を行けということかしら）

すでに閑古鳥は姿を消している。ここまで連れて来られたことに意味があると信じて、街道沿いに消息を訊ねながら、北へ向かうことにした。

何も手がかりを得られないまま時間が過ぎ、日が西の空へ傾いたころ、道の両側に建ち並ぶ家の数が目立って増えてきた。人通りが多いことから考えて、最初の宿場町・千住に入ったものと思われる。

江戸四宿のひとつに数えられる千住宿は、おけいが九つまで暮らした東海道の品川宿より大きな宿場だった。もとは隅田川の向こう岸の本宿だけだったものが、時代が下るにつれて新宿と南岸の下宿が加わり、今の千住宿の姿になったと聞いている。

(初めてきたけど、かなり先まで宿場が続いているみたい。あっ、向こうに見える空き地は、小塚原《こづかっぱら》の刑場かも……)

下宿のはずれには小塚原があり、かつて処刑された罪人の腑分け《ふわ》(解剖)が行われたことで有名である。夜になると人魂《ひとだま》が飛び交うなど、気味の悪い噂が絶えないところだが、本所回向院《えこういん》の地所となってからは、刑死者も手厚く弔われているらしい。

「あの、すみません。永井佑一郎さまとおっしゃる方をご存じありませんか。左目の下にホクロがふたつ縦に並んだお武家さまなのですが――」

おけいはさっそく武家が出入りしそうな旅籠《はたご》や飯屋、床山《とこやま》などを選んで訊ね歩いた。しかし大概の者は話の途中で見切りをつけ、巫女姿の小娘を追い払った。たまに辛抱強く話を聞いてくれる相手がいても、最後は気の毒そうに同じことを言った。

「この宿場には参勤交代のお侍が行ったり来たりしているからねえ。えっ、十三年も前の話かい。それじゃ誰も覚えてなんかいないよ」

ごもっともだとおけいも思う。長逗留《ながとうりゅう》だったとしても、よほど大きな事件でも起こさないかぎり、宿場の人々の心に残らないだろう。

（だからって、このままじゃ引き返せない。無駄足になってもいいから本宿の端まで訊ねて歩こう。日が暮れたらどこかの軒下で夜を明かせばいいんだから）

これまでにも頼みのお店がつぶれて行き場を失うたび、お寺の軒先を借りて眠ったことが何度もあった。野宿くらいは平気である。

そう覚悟を決め、根気よく店に飛び込んで消息を訊ね歩く目の前に、やがて立派な橋が見えてきた。名所としても知られる千住大橋だ。

「わあ、なんていい眺め！」

橋の真ん中まで走ったおけいは、欄干《らんかん》から身を乗り出して歓声を上げた。

そこに広がるのは浮世絵のような景色だった。滔々《とうとう》と流れる隅田川の両岸に漆喰《しっくい》の蔵が建ち並び、青い水面《みなも》を白い帆を立てた舟が上り下りしている。

しばし役目を忘れて美しい風景に見入るおけいの耳に、七つ（午後四時ごろ）を告げる時の鐘が聞こえてきた。

街道を旅する者は夜明け前の暗いうちから歩きはじめるが、夕方は早めに宿をとって身体を休める。つまりこれから日没にかけてが、一日のうちで宿場が最も忙しく、活気づく時間帯なのだ。

おけいは急いで橋を渡って、北岸の本宿へ向かった。

穀物や青物などの問屋が多かった下宿とは違い、本宿では参勤交代の大名たちが宿泊する本陣をはじめ、風格のある大きな旅籠が道の両側に並んでいる。もちろん武家が泊まる立派な旅籠だけではない。

「旦那さぁん、お宿をお探しならうちにきてくださいな。お安くしますよ」

「あーら、うちなら飯と風呂がついて、たったの二百二十文よ」

日光・奥州方面から、あるいは江戸からやってきた旅人たちの袖を、客引きの女たちがさかんに引っぱる。これも宿場町ならではの眺めである。

しかしこうなると、おけいの目的は果たしづらくなった。旅籠も飯屋もこれからが勝負とあって、人探しの話などまともに聞いてはくれない。

「邪魔だよ、巫女さん。お泊まりじゃないなら出てっておくれ」

どこへ行っても邪魔にされ、小バエを払うかのごとく追い出されてしまう。仕方がないので、もっと夜が更けて町が落ち着くのを待つことにした。

(ああ、お腹《なか》がすいた……)

えびす堂の台所で朝飯を食べて以来、まだ何も口に入れていない。大きな置き行灯《あんどん》の横にしゃがみ込んだおけいの腹の中で、グウと侘《わび》しげな音がした。

月々の給金のかわりに、うしろ戸の婆はいつも邪魔にならない程度の銭を持たせてくれている。今も夕餉《ゆうげ》をとるくらいの持ち合わせはあるが、明日のことを考えれば、ここで使ってしまうのは考えものだ。

（いっそお客で賑わっているお店へ行って、ご用がないか聞いてみようかしら）

おけいが育った品川宿でも、貧しい旅人が半端仕事を手伝って路銀《ろぎん》を稼いでいた。

そんな算段をしながらも、目の前を行き過ぎる人々の中に佑一郎らしき侍がいないか、つい目で追ってしまう。

そろそろ日が暮れようとする街道には、さっきよりも大勢の人が歩いていた。旅人だけでなく、近隣の村や江戸市中から遊びに来る客もいるらしい。

「お客さん、うちの店は器量よしがお給仕しているよ」

「そちらの兄さんたち。とっておきのいいところへご案内しますぜ」

飯盛女《めしもりおんな》と呼ばれる下女に売色させる店の呼び込みが、若い男衆を連れて行く。

むろん色に頼った宿ばかりではない。貫禄《かんろく》たっぷりの女中が、人さらいと見紛《みまが》う手際のよさで旅人を連れ去ったかと思えば、大人数で取り囲んだ客を、地引網のように親の店まで引いて行こうとする六人兄弟の子供もいる。

どの店もあの手この手の客引き合戦を繰り広げるなか、さっきから一人も客を捕まえられずにいる男のことが、おけいは気になっていた。

それは四十がらみの、いかにも気弱そうな下がり眉の男だった。〈千寿屋《せんじゆや》〉の屋号を染め抜いた半纏《はんてん》を着ているからには旅籠の奉公人なのだろうが、よほどの口下手《くちべた》か、はたまた間が悪いのか、声をかけようとする客を目の前でさらわれてばかりいる。

そこへ江戸方面から、振り分け荷物を肩にかけた若者が歩いてきた。

「あの、うちは街道からはずれた辺鄙《へんぴ》な宿で、静かなところが取り得《とえ》でして……」

気が焦るあまり、いらぬことまで口走っている。そこへ割り込んだ貫禄女中の尻《しり》に弾《はじ》き飛ばされ、あえなく客を取られてしまった。

「あ、あの、うちに綺麗《きれい》どころはおりませんが、料理だけは捨てたものでは……」

次に声をかけた遊び人風の若い衆は、綺麗どころのいない宿など見向きもしない。

「あ、あ、あ、あの……」

今度は声をかける暇もなかった。六人兄弟がいっせいに旅人を取り囲み、追い込み漁の要領で親の店へと追い立てていったからだ。

続いてやってきた隠居と従者も、目の前でよその店に持っていかれた。

(ああ、もう。何をやっているのかしら)

おけいは歯がゆくなってきた。もっと相手をよく見て話せばよいものを、明らかに焦りすぎである。そもそも客を引く前に、自分の腰が引けていては勝負にならない。

そこへ次の獲物がきた。大きな風呂敷包みを背負ったお店者《たなもの》らしき旅人が、日光方面から歩いてくる。江戸入りを目前に疲れが溜《た》まっているのか、足を引きずって辛そうだ。

(もう、見ちゃいられない！)

獲物目がけて飛びかかってゆく客引きたちに続いて、おけいも走りだした。

「お客さまーっ、お疲れさまでーす」

小柄でもおけいの足は速い。貫禄女中を追い抜いて、旅人のもとへ一番乗りだ。

「まだお宿はお決まりじゃございませんよね。それなら千寿屋にお越しください。うちは奥まった静かなところにございますから、ゆっくりとお休みいただけます」

静かな宿と聞いて足を止めた旅人が、巫女姿の風変わりな客引きを見る。

「もちろん自慢の料理でおもてなしさせていただきます。ささ、どうぞ」

こちらを見て目を丸くしている千寿屋の男のもとに、旅人の手をとって連れてゆく。

「お客さまのご案内をお願いします」

「へ、へえっ、どうぞこちらへ」

ことの成り行きに目を白黒させながらも、男は先に立って歩きだした。

辺鄙なところと自分で言ったとおり、千寿屋は酒屋と飯屋のあいだの長い路地を抜けた先にあった。あまり広い宿ではなさそうだが、まわりに松の木や楓《かえで》などの植栽が多いお蔭で、料亭のような雰囲気を漂わせている。

「女将《おかみ》さん、お客さまがご到着ですよう」

先に暖簾《のれん》をくぐった客引きの男が、大声で呼ばわりながら奥へ駆け込んでいった。ところが待っていてもほかの奉公人が出てくる気配はない。

「どうぞおかけください。いま濯《すす》ぎをお持ちしますから」

旅人が上がり框《かまち》で荷物を降ろしているあいだに、おけいは土間の隅に置いてあった濯ぎ桶《おけ》を運んだ。草鞋《わらじ》をはいて街道を歩いてきた旅人は、足が土埃《つちぼこり》で汚れきっている。客の足をきれいに濯ぐのは、旅籠で下働きをする女中の大切な仕事なのだ。

かつて宿屋で奉公したことがあるおけいは、客人の足を濯ぐくらいお手のものだった。強張《こわば》った足を揉みほぐすように清め終わるころ、ようやく客引きの男が奥から中年の女を連れてきた。

「まあまあ、ようこそお越しくださいました。千寿屋の女将でございます」

柿渋《かきしぶ》色の紬《つむぎ》を着た四十半ばくらいの女が、三つ指をついて挨拶する。

「すぐお夕食のご用意をさせていただきますが、先にお風呂のほうがよろしいでしょうね。ちょいと忠助《ちゅうすけ》さん、お湯加減は大丈夫かい」

「もう冷めちまったかもしれません。薪《まき》をくべてまいります」

忠助と呼ばれた客引きが裏へ走ったのを見届け、女将は手ずから客の荷物を抱えて二階へ案内していった。どうやら奉公人は忠助しかいないらしい。

おけいが濯ぎ桶の汚れた水を替えておこうと裏へまわると、風呂の追い炊きをしていた忠助が寄ってきて両手を合わせた。

「どこの巫女さんか知らねえが、恩にきるよ。また今日も客を一人も呼べないんじゃないかって冷や冷やしていたんだ」

いつもなら熟練の女中が客引きに出るのだが、嫁いだ娘のお産に立ち会うため、三日前から隣の宿場へ出かけている。もう一人いる通いの女中も、些細《ささい》なことで女将とやり合って機嫌をそこね、一昨日から顔をだそうとしない。そんなこんなで下働きの忠助が、慣れない客引きで苦労していたというわけだ。

「ついでと言っちゃなんだが、ええと、巫女さんは――」

「けいと呼んでください」

「じゃあ、おけいさん。世話になりついでに頼まれてくれないか」

忠助が言うには、数日前に仕入れた鯉《こい》を盥《たらい》に入れて生かしている。そろそろ料理しないと弱って味が落ちてしまうのだが、客の人数が揃《そろ》わないうちは絞められない。せめてあと一人か二人、客がきてくれれば、今夜の膳にのせることができるらしい。

「わかりました。そういうことでしたら」

おけいは快く引き受け、袴の裾をたくし上げて街道へと駆けていった。


「本当に助かったよ。地獄に仏とはまさにこのことだね」

五つ（午後八時ごろ）を過ぎた台所の次の間で、千寿屋の女将が仏ならぬ巫女姿の小娘に頭を下げた。

日暮れ時の街道で本腰入れて客引きをしたおけいは、結城《ゆうき》へ買いつけに向かう呉服問屋の主従と、西新井大師《にしあらいだいし》へ詣でた帰りだという年配の夫婦者を引き連れて宿に戻った。つごう五名となった客たちに、女将はとっておきの鯉を捌《さば》いて振る舞い、客たちも大満足で、明日に備えて早めの床に就いたのだった。

筋のよい客を連れてきただけでなく、風呂の差し水や台所の洗い物、布団の用意に至るまで、熟練の女中顔負けの働きをしたおけいの前に、女将は客に供したものと同じ料理を、塗りの膳に並べて据えた。

「遠慮なく食べておくれ。どれもあたしの自慢料理だから」

「で、でも、こんなご馳走《ちそう》……」

膳にのっているのは、新鮮な鯉の洗いに、濃い味噌で煮込んだ鯉こく、里芋とキノコと生麩《なまふ》の炊き合わせ、香ばしい焼き葱《ねぎ》や、白和《しらあ》えなどだ。

贅沢《ぜいたく》すぎる夕餉を前に気後れするおけいへ、女将は自ら白飯を盛って差し出した。

「いいから早くおあがり。あれだけ働いたらお腹がすいただろう」

ご明察と言わんばかりに、おけいの腹の虫がひときわ大きく鳴いた。これでは遠慮などしているほうが恥ずかしい。

「すみません。いただきます」

自慢するだけあって、どの料理も驚くほど旨《うま》かった。

夢中になって食べる姿を満足げに眺めながら、女将はここ数日の苦労を語った。

「この千寿屋は、あたしが先代から受け継いだ店だよ。料理の腕を見込まれて、奉公人から跡取りにしてもらったのさ」

先代亡き後は女将と料理人を兼ね、かつての朋輩たちと力を合わせて千寿屋の暖簾を守ってきたのである。

「けど、あたしには悪い癖があってね。自分の段取りが違ったりすると、ついまわりに当たっちまう。通い女中のおツネは奉公人だったころの仲間だから、立場の違いはあっても理不尽なことには言い返してくる。とうとう喧嘩になってこのざまだよ」

「そうだったのですか……」

おけいは夕餉をいただきながら、女将の懺悔《ざんげ》にじっと耳を傾けた。

ご馳走さまでしたと箸を置くころには、心の内を吐き出してすっきりした女将が、こちらのことを訊ねてきた。

「ところで、あんたどこからきたの。千住に用事でもあったのかい」

「はい。じつは――」

ここで初めて、自分が人探しにきたことを打ち明ける。

ただし十三年も昔の話だと聞いて、驚くと同時に気の毒そうな顔をした女将だったが、何かに探している侍の名前と、左目の下にふたつ並んだホクロのことをおけいが話すと、何かに

はず《》

思い当たったそぶりをした。

「そういえば、うちの忠助が『佑《ゆう》さん』と呼んでいるご浪人がいたね。たしか本宿のはずれの、小さな旅籠の入り婿《むこ》だって聞いた気がするけど……」

「ほ、本当ですかっ。頰にホクロはありましたかっ？」

思わぬ朗報に、つい大声が出てしまう。そんなおけいをなだめるように、女将が唇の前でそっと人差し指を立てた。

「騒いじゃいけない。お客さまがお休みだから」

そうだった。千寿屋は静かに一夜を過ごせることが売りのひとつなのだ。

「忠助も床に入っただろうし、明日の朝、お客さまのお見送りをしたあとで確かめてあげよう。だからもう今夜はお休み。ここに布団を運んで寝ればいいから」

きれいに食べつくされた膳を持ち上げ、女将は部屋を出ていった。

旅籠の朝は早い。まだ夜が明けきらないうちに出立《しゅったつ》する客のため、朝飯などの世話をしなくてはならないからだ。

おけいも一番鶏《どり》が鳴く前に起きだした。子供のころに奉公した宿屋で仕込まれたとおり、水汲みをし、竈《かまど》に火を入れ、表戸の外を掃き清める。

「世話になりました。お蔭さまでゆっくり休めましたよ」

「いや、昨晩は思わぬご馳走で驚きました。この値段では申し訳ないくらいだ」

「こんなよい宿があったとは、今まで気がつきませんでした。次の参詣の行き帰りには、かならず立ち寄らせてもらいますよ」

客たちは口々に千寿屋のもてなしを褒《ほ》めて旅立っていった。

その後、一宿一飯の礼をするつもりで、宿の隅から隅まで雑巾《ぞうきん》がけしたおけいを、台所にいる女将が呼んだ。

「待たせたね、おけいさん。いま忠助が戻ってきたから」

「女将さんから話は聞いたよ。あんた、すずめ屋の佑さんを探しにきたんだってな」

川沿いの〈やっちゃ場《ば》〉と呼ばれる市場で青物を仕入れてきた忠助が、おけいを振り向いて言った。

「今からすずめ屋に連れてってやる。いや、そんなに喜ばれても困るんだ」

嬉《うれ》しそうなおけいを見て、忠助の下がり眉が一段と下がる。

「もう佑さんはいない。三年ほど前に家族を連れて宿場から出ていっちまった」

千住宿をつらぬく街道は、朝の遅い時分とあって人の流れが少なかった。

晴天続きだった昨日までと異なり、空には初冬らしい灰色の薄雲が広がっている。

おけいは冷たい北風を頬に受けながら、忠助の話を一言たりとも聞きもらすまいと、耳を傾けていた。

「もう十年以上も前になるかな。初めて佑さんを見たのは朝のやっちゃ場だった。市場をうろつくお侍は珍しいと思ったんだが、それから何度も見かけるうち、うろついているのじゃなく、青物を買いたいのだと気づいて声をかけたんだ」

宿の下男として出来物とは言えない忠助だが、葱の一本も買えずにおろおろするばかりの侍を見過ごしにできなかった。馴染みの問屋に引き合わせてやり、その後も仕入れ先で顔を合わせるうち、少しずつ話をするようになっていったという。

「けど、佑さんはほとんど自分のことを話さなかったし、おれを含めて宿場の誰とも親しくしようとはしなかった」

忠助が知っているのは、佑さんが江戸からきたことと、本当はもっと北へ行くつもりが千住で路銀を掏《す》られ、投宿していたすずめ屋で働きながら宿代を返したこと。それが縁となって、すずめ屋の婿におさまったことくらいだった。

「では、佑一郎さまには奥方がいらしたのですね」

前もって左頬のホクロの有無を忠助に確かめていたおけいは、その佑さんこそ佑一郎だと確信して話を進めた。

「奥方なんて大そうなものじゃない。すずめ屋には親の跡をついで宿を切り盛りしている娘がいて、女将と料理人を兼ねていた。そこは千寿屋と似ているが、あちらはもっと小さな商人宿だよ。ひと晩に行商人が二人も泊まれば御《おん》の字だったろうな」

　ささやかな宿の入り婿となった佑一郎は、薪割りや風呂焚《た》きなどの用を任された。あとは早朝のやっちゃ場に顔を出す程度で、ほとんど街道を歩くことはなかったらしい。

「そのうち、すずめ屋の婿どのは敵持《かたきも》ちで、仇討《あだう》ちの相手から身を隠しているに違いない、なんて噂が立ったりもしたけど」

　何年経っても婿どのを討ち取ろうとする相手が宿場に現れることはなかった。

　それもそのはず、佑一郎が恐れていたのは、敵討ちではなく江戸の知り合いに見つかることだったのだから。

「思えば不思議なお人だったな。もう自分は侍ではない、なんて言いながら、いつも折り目正しい袴姿で武家風の髷《まげ》を結っていた。そうそう、一人息子にも武家の子らしい格好をさせていたよ。これがまたしっかりした坊で――」

「ちょ、ちょっと待ってください」

　おけいが慌てて話を止めた。

「佑一郎さんには、お子さんがいらしたのですか」

　ああ、いたよ、と、何でもないことのように忠助がうなずいた。すずめ屋の入り婿となった翌年に生まれた男の児《こ》がいたという。

「名前はなんて言ったかなぁ……。ええと、たしか『慎《しん》さん』とか『慎坊』なんて呼ばれていたと思うけど」

「慎さん、ですね」

慎太郎、あるいは慎之介か――。とにかく、おけいはその名を胸に刻み込んだ。

佑一郎の足取りがわかったところで、千住本宿の北端をしめす石標が見えてきた。忠助は石標の少し手前で横丁に入り、奥まった建屋の前に立った。

それは旅籠と言われて初めてそうとわかる小さな裏店《うらだな》だった。すずめ屋とは異なる屋号の暖簾が、軒下でわびしく風に揺れている。

「ここが三年前まで佑さんがいたすずめ屋だ。借金のカタに取られちまってからは、街道沿いの大きな旅籠が離れ座敷として使っているよ」

「商いがうまくいかなかったのでしょうか」

おけいの問いに、いかにも気の毒そうに忠助が首を横に振った。

「女将さんが労咳《ろうがい》を患ったんだよ」

料理人を兼ねた女将に寝込まれては旅籠が立ちゆかない。半年近くも店を閉めて借金を重ねた挙句《あげく》、ついには店を手放し、それでも残った借金を返しきれないまま、ひっそりと宿場からいなくなったらしい。

「おれもそのころには佑さんと会わなくなっていたから、すずめ屋が人手に渡ったと知ったのは、かなり経ってからだった」

家族がどこへ行ったのか、見当がつかないという。

忠助に礼を言って千寿屋へ引き上げてもらった後も、おけいは宿場の北端に残って近所の人々に話を聞いてまわった。誰もがすずめ屋の婿どのは穏やかで礼儀正しい人だったと口をそろえ、その息子についても利口でしっかりした子供だったと褒めたが、病人を抱えた家族の行き先を知る者はなかった。

最後に訊ねた居酒屋の親父だけが、すずめ屋の親子らしき三人が、真夜中に江戸方面へ立ち去るのを見たと教えてくれた。

◘

「奥方さま、ただいま戻りました」

その日の夕闇が迫る中、神田明神下のえびす長屋へ帰り着いたおけいは、佑一郎について聞き込んだばかりの消息を房枝に話した。

「千住の宿場を去られて以降のことは、まだわかっておりませんが、ひとまず奥方さまへお知らせしたほうがよろしいかと」

「うむ、よもや若先生が十年も千住にいたとは……」

呻くような声を上げたのは、御用を終えて見舞いに寄っていた丑之助だ。

房枝は何も言わなかった。その後の足取りまで調べてこなかったことを責められるかと思ったが、話を聞く途中で堪《こら》えきれないように嗚咽《おえつ》をもらしたあとは、ひたすら滂沱《ぼうだ》の涙を流し続けた。

「生きていた。ああ、神さま。あの子は死んでなどいなかった……」

それを聞いて、おけいはようやく房枝を苛《さいな》んできた真の憂いに気がついた。

(佑一郎さまが家を出た直後に自らの命を絶たれたのではないか──そんな不安を奥方さまはずっと抱えていらしたのだ)

不吉な予感など口にすれば、そのとおりになってしまう気がして、誰にも本音を話せなかった。きっと息子はどこかの空の下で達者で暮らしているに違いない、そう自分に言い聞かせ、十三年の歳月を過ごしてきたのだろう。

「あの子は、ひとりではないのですね。嫁と孫が支えてくれているのですね」

そのとおりでございますと、おけいは力強くうなずいてみせた。

「奥さまは、おようさまとおっしゃる優しい方だそうです。ご子息はとても利発なお子さんだと、近所の方が口々に褒めておられました」

佑一郎の家族が三年前に千住を去り、江戸方面へ向かったことは伝えた。ただし、それが困窮の果ての夜逃げであったことを、房枝に話していなかった。教えたところで新たな心痛が生じるだけなら、意味のない苦しみを与えたくはない。

「あの子が生きている。生きて、この江戸のどこかにいる」

房枝は顔の前で両手を組み合わせ、何度も、何度も、同じ言葉を繰り返した。

「こんな身体でさえなければ、今すぐ探しに行きたい。ひと目会って、あの子に言いたいことが……、ああ、そうだ」

突然ひらめいたかのように、房枝の細い指がおけいの袴をつかんだ。

「連れていっておくれ。おまえの神社に、今すぐ」

「えっ、今から、ですか？」

すでに暮れ六つ（午後六時ごろ）を過ぎ、外は暗くなっている。

「十三年ものあいだ誰も見つけられなかった佑一郎の消息を、たった一日で手繰《たぐ》り寄せたおまえだもの。よほど頼りになる神さまがついているのでしょう」

どうしても今夜のうちにお参りがしたい。連れていってほしい――。

幼い子供のようにせがまれて、おけいは困った。連れていってやりたいのは山々だが、房枝はもう自分の脚で歩くことができない。駕籠に乗ることさえ難しいだろう。

「わかりました。行きましょう」

応じたのはおけいではなかった。じっと腕を組んで話を聞いていた丑之助が、意を決したように立ち上がった。

「俺が背負います。――おけいさん、えびす堂へ行って帯を借りてきてくれ。男物の角帯《かくおび》か、兵児帯《へこおび》が何本かあれば助かる」

言われたとおりに角帯と兵児帯を借りて戻ると、房枝は布団の上に身を起こし、寝間着の上から厚手の夜着を羽織っていた。

「さあ、奥方さま」

屈んだ丑之助の背に、房枝が膝でにじり寄って縋《すが》りつく。痩せた身体がずり落ちてしまわないよう、おけいは帯を使ってしっかりと丑之助の背に結わえつけた。

「それでは行こうか」

一行はゆっくりとえびす長屋をあとにした。

今夜は二十二日。下弦の月が空に昇るのは、もっと遅い時刻となる。えびす堂が持たせてくれた提灯《ちょうちん》で、おけいは丑之助の足もとを照らしていた。

「依田さま、少し休まれますか」

道端にある大きな切り株を指して声をかける。いかに痩せ細った病人とはいえ、人ひとり背負って十七町の道のりを歩くのは骨が折れるはずだが、頑健な若い同心は足を止めようとしなかった。

「俺なら大丈夫だ。おけいさんこそ薄着で寒くないか」

「これしきは平気です」

鼻先の赤くなった顔で笑ってみせる。白衣と若草色の袴姿では寒々しく見えるのだろうが、おけいは暑さ寒さのどちらにも強かった。

それにつけても夜歩きには向かない天候だった。暗い空から吹きおろしてくる風に雪でもまじっていそうな寒さだ。

「奥方さま、いま下谷の寺町です。神社まであと少しですから」

丑之助の背中で、房枝を頭から包み込んだ夜着がかすかに動いた。いくら背負われているとはいえ、重篤の身にこの外出はこたえることだろう。

いつもは小柄なおけいに合わせて歩く丑之助も、今夜ばかりは大股で道を急いだ。やがて大寺院の裏道で行き止まり、横手にこんもりと茂る笹藪《ささやぶ》を前にして言った。

「おけいさん、先に行ってくれ」

「承知いたしました」

おけいは通いなれた笹藪の小道をうしろ向きに歩き、後から腰を屈めてやってくる丑之助の足もとを提灯で照らした。房枝を背負ったまま、笹が両側から覆いかぶさる小道をくぐり抜けるのは、大柄な丑之助にとって思わぬ苦行となった。

「あと少し、頑張ってください」

最後は両手と両膝を地面につき、笹藪から這《は》い出してきた丑之助を、おけいは出口に立って出迎えた。

「ご苦労さまです。ようこそ出直し神社においでくださいました」

そこは常とは異なる処《ところ》だった。さっきまで北風が吹きすさんでいたはずなのに、境内には髪の毛一本をそよがせる微風すら吹いていない。

「さあ、まいりましょう」

狐につままれたような丑之助を促し、おけいは枯れ木の鳥居をくぐって社殿へと向かった。

月のない空には満天の星が輝き、朱塗りの剝《は》げた古い社殿を青白く照らしている。おけいと丑之助が階段を上がると、音もなく唐戸が開いた。

扉の向こうから現れたのは、残り少ない白髪を頭のてっぺんでちょこんと結び、真夏と同じ生成りの帷子《かたびら》を着たうしろ戸の婆である。

「よくきたね、お入り」

夜分に病人を連れて押しかけたというのに、婆は少しも驚かなかった。それどころか、社殿の真ん中には夜具まで用意されていた。

「早く横にしてやるといい」

おけいは背負い紐《ひも》代わりの帯をといて、丑之助の背から降ろした房枝を寝かせた。

参拝客がきたときは、婆と客が向かい合い、斜向《はすむ》かいにおけいが座ると決まっている。しかし今宵《こよい》は趣向を変えて、横たわった房枝の枕もとに婆が座をしめ、その反対側におけいが座った。丑之助は社殿の外で待つことになった。

「さて、この婆の声が聞こえるかね」

房枝が目を開け、皺深い老婆の顔を見る。

「手はじめに、あんたの名前と歳、生まれを聞かせておくれでないか」

「剣術指南・永井兵四郎の妻で房枝と申します」

乾いてひび割れた唇が、存外しっかりした言葉を紡いだ。

「歳は五十四。北本所の御家人長屋で生まれました」

「御家人の娘さんかね」

「はい。ですが、母は――、母の実家は旗本でした」

娘ばかり六人もいる貧乏旗本の末娘が、因果を含めて御家人に嫁がされた。そのことが後々まで尾を引いて、両親の仲は亡くなるまで険悪だったらしい。

「微禄《びろく》の御家人に嫁がされたことを、母はずっと恥じていました。私は幼いころから毎日のように、母の不満と愚痴を聞いて育ったのです」

身分が御家人というだけで、父親に責められるべき落ち度はなかった。それでも一方的な不満をぶつけずにはおれない母親を見て、『あんな妻にはなるまい』と、心に強く誓ったのだという。

さいわい房枝が十九で嫁いだ永井兵四郎は、武芸者として門弟たちから慕われる立派な人物だった。歳は親子ほども離れていたが、実家の母親のような不満を微塵《みじん》も感じることなく、夫を敬う貞淑な妻になることができたのである。

「なるほど、あんたは母親と違う生き方を望んで、それを叶《かな》えたわけだ」

「………」

婆の相槌《あいづち》に、房枝はうなずくことなく瞼《まぶた》を閉じた。ここまでひと息にしゃべったせいか、息が乱れて苦しそうだ。しばらく休ませたほうがいいかと、おけいは思ったが、目を閉じたままの房枝が再び話しはじめた。

「私には、息子が一人おります。佑一郎といって、親の口から言うのもなんですが、素直で、賢くて、思いやりのある子でした。なのに……」

自宅を兼ねた道場が町人地にあったため、佑一郎の遊び仲間は町人の子供たちだった。十人ばかり寄って遊ぶ子供らの中で、なぜだか佑一郎はいつも一番うしろにいた。無礼な言葉を投げつける子がいても怒らない。たいがいのことは笑ってすませてしまう。

鷹揚《おうよう》で優しいその気性を、周囲の者は好もしく受け止めていたが、母親の房枝だけは、湧きあがる苛立《いらだ》ちを禁じ得なかった。

『あなたは武家の子です。しかも剣術家の跡取りですよ。もっと自分に誇りを持ちなさい。ほかの子たちを従えて、先頭を歩くようでなくてはなりません』

その場では『わかりました』と答えるものの、いつまで経っても仲間たちの先頭に立とうとしない息子に、房枝は不満を募らせた。この子は優しすぎて剣術家には向いていないと感じることがあっても、ひたすら尻を叩いてしっかりせよと言い続けた。

そして幼年期を過ぎ、道場で本格的な稽古をはじめるようになると、佑一郎の由々しき弱点が露呈した。人に竹刀で打たれることも、自分が人を打つことも嫌ったのだ。

師範の永井兵四郎は、辛抱強く息子に竹刀を持たせた。たとえ何年かかろうと、少しでも立ち合いに慣れさせようと心を砕いた。

しかし当の佑一郎が、誰とも竹刀を交えようとしなかった。隙《すき》のない正眼《せいがん》の構えは堂に入ったものなのに、相手の横を走り抜けながら攻撃をかわすだけである。どうあっても生身の人を打つことができないのだった。

（このままでは埒《らち》が明かない。私がなんとかしなくては……）

剣術の稽古に女が口出しするのはいかがなものかと思いながら、もう房枝には黙って見ていることができなくなっていた。

佑一郎が十八になったある日のこと、房枝は夫の留守を見計らって門弟を呼び、無断で立ち合わせることにした。選ばれた門弟は浪人の子である。稽古代の払いを滞らせていた手前、奥方の頼みを断りきれずに相手を務めたのだった。

『さあ、思う存分おやりなさい』

手加減なしに打ち負かしてくれと、門弟には前もって言い含めてあった。とことん打ち据えられることで、息子の負けん気に火がつくことを狙ったのである。

互いに防具はつけていない。はじめのうちこそ面胴への攻撃をかわしていた佑一郎だったが、ときが経つにつれて一本、二本、と小手を取られるようになり、ついに痺《しび》れた指から自分の竹刀を落としてしまった。

『どうしました。あなたも剣術家の跡取りなら、一本くらい意地をお見せなさい！』

すでに疲労困憊《こんぱい》し、床に片膝をついていた佑一郎は、母親の『一本くらい』という叱咤《しった》を聞いてふらりと立ちあがった。

嫌な役目を押しつけられた門弟も、そろそろ終わりにしたかったのだろう。気合もろとも上段から面を狙ってきた。

（やられる……！）

剝《む》き出しの面を割られることに、佑一郎は恐怖を覚えたに違いない。とっさに身をかわしたかと思うと、相手の喉もとを突き破る勢いで突きを繰り出した。

渾身《こんしん》の突きは際どいところで門弟の喉笛を外したが、それでも横首が傷ついて、道場の床に血が滴った。

佑一郎は膝を震わせて立ち尽くすばかりであったという。

この騒ぎで師範の叱責を受けたのは、勝手な立ち合いをさせた房枝だけだった。怪我をした門弟はひと月後に復帰を果たし、相手に危険な突きを喰《く》らわせた佑一郎が咎《とが》められることもなかった。

　その後、佑一郎はきっぱりと立ち合い稽古をやめた。道場から遠のいたわけではない。師範に代わって雑務を行い、入門したばかりの小さい子供らに、竹刀の持ち方や振り方などを教えるようになった。丑之助やツルや権兵衛などは、そのころの佑一郎に教えを受けて上達した門弟である。

　今になって考えれば、そこで折り合いをつけるべきだった。師範の肩書きは門弟に譲り、道場を裏から支える道も佑一郎にはあったはずなのだ。

　ところが、この期に及んでまだ息子にかける望みを捨てきれない房枝は、聞こえよがしにつぶやき続けた。

『八丁堀から通ってくる丑之助ですけど、図体《ずうたい》が大きいだけかと思ったら、なかなか気骨のある子ですよ。親御さんがうらやましいわ』

『暴れん坊のツルと権兵衛は、町人の子にしては筋がいいようですね。あれがうちの子なら躾《しつ》ける甲斐もあったでしょうに』

　そんな当て擦《こす》りが繰り返されるうち、次第に佑一郎の顔から生気が失《う》せてゆき、立ち合いの事件から二年が過ぎた秋の朝、道場から姿を消したのだった。

「愚かな母と、お笑いください」

己の人生を語り尽くしたあとで、房枝は自嘲《じちょう》の笑みを浮かべた。

ここまでひと息に話せたわけではない。途中で幾度も息がきれ、気を失いかけるたびに、うしろ戸の婆が房枝の額に右手をかざした。そうすることで土気色の頬にわずかな赤みが差し、再び口を開くことができたのだった。

「愚かとわかっていても繰り返してしまう。人とはそんなものだよ」

あんたに限った話ではないと、婆が穏やかな声で言った。

「情けない。実家の母のようにはなるまいと、あれほど心に誓っておきながら……」

房枝の母親は、死ぬまで夫に不満を持ち続けた。房枝は剣術家の夫を尊敬していたものの、息子に対して不満を募らせてしまった。

「もっと、あの子のよいところを見て、褒めてやれば、よかった……」

どれほど深く悔やんでも、取り戻せないものがある。ただ、己の過《あやま》ちを認めた房枝の顔からは、いつもの険《けわ》しさが消えていた。

「ときが迫っている。そろそろ神さまにたね銭のおねだりをしようかね。さあ、房枝さん。あんたの望みを教えておくれ」

婆の声色の優しさに、布団を挟んで聞いているおけいの鼻の奥がツンと痛む。

「あ、あの子に、会いたい。佑一郎に……」

ひと目だけでも会って、この母が間違っていた、おまえは私の自慢の息子だと言ってやりたい――。

最後は声にならなかった唇の動きを読んで、うしろ戸の婆が立ち上がった。祭壇の裏側へまわり、古びた琵琶を持ち出してご神体の前に置く。出直し神社のご神体は、木っ端に目鼻を描いて白い御幣《ごへい》を巻いただけの貧乏神である。

祭壇に向かって祝詞を読み上げる婆の隣で、おけいも声を出して唱和した。

やがて祝詞が終わると、婆が再び琵琶を手にして布団の脇に戻る。古色蒼然《こしょくそうぜん》とした琵琶にはネズミに齧《かじ》られた穴まで開いており、これを前後左右に揺することで、穴からたね銭が転がり出る寸法だ。

たね銭とは商いの元手にする縁起のよい銭のことで、出直し神社の場合、いくら貸していただけるかは神さま次第だ。お守り代わりの小銭を授かる者が大半だが、ときには小判の雨が降ることもある。

ただし、一年後に借りた銭の倍額を返さなくてはならない決まりがあり、大金が出たからといって喜んでばかりもいられない。

（どうか神さま、奥方さまの願いをお聞き届けください。そのしるしとして、たね銭をお授けくださいますように）

ぽと、ぽと、ぽと。ぽと、ぽと、ぽと。

固唾《かたず》を呑《の》んで見守るおけいの前で、琵琶の穴からこぼれて布団に散らばったのは、合わせて六枚の一文銭だった。

「あんたのたね銭だよ」

うしろ戸の婆は六文を拾い集め、懐紙《かいし》に包んで房枝の手に握らせた。

「こ、これで、あの子に……」

「会えるともさ」

婆が力強く請け合った。

「もうじき会えるから、肌身につけて帰るといい」

おけいの手を借りて前襟の合わせにたね銭を入れると、よほど安心したのか、房枝はそのまま微《かす》かな寝息をたてて眠りに落ちた。

さっきまで土気色だった頰が、色が抜けたように透き通って見えた。

「では、お婆どの、これにて失礼いたします。夜分にお手間をとらせました」

「気をつけてお帰り」

房枝を背負った丑之助が、婆に礼を言って階段を下りる。

その足もとに提灯をかざしながら、おけいも社殿をあとにした。

無数の星明かりに照らされた鳥居の上で閑古鳥がうずくまっていたが、こちらを見て鳴こうともせず、黙って見送るだけだった。

笹藪の小道を抜けて大寺院の裏道へ出ると、それまでの穏やかさが幻だったかと思うほど強い北風が吹きつけた。病人が凍えてしまわないうちに長屋へ帰り着きたい丑之助とおけいは、どちらも口を閉じたまま道を急いだ。

まだ木戸が閉まるには間があったが、真冬を思わせる寒さの中をすれ違う人影はわずかである。組屋敷が並ぶ武家地を抜け、広小路《ひろこうじ》へ続く三橋《みはし》が見えたあたりで、それまで急ぎ足だった丑之助が歩調をゆるめた。

「依田さま？」

訝《いぶか》しく思ったおけいは、足もとを照らしていた提灯を上げてハッとした。本物の牛のようにぎょろりと大きな丑之助の眼から、涙の筋が伝っている。

「軽くなった。ついさっき、わずかだが、奥方さまが軽くなられたよ」

「それは――」

どういうことかと訊ねようとして、おけいは悟った。

道端で膝を屈めた丑之助の背中に歩み寄り、そっと夜着を押しのける。

房枝の顔は穏やかだった。口もとに微笑さえ浮かべながら、二度と目覚めることのない眠りについていた。

胸元に入れた六文銭は、三途《さんず》の川の渡し賃となったのだ。

◉

一夜が明けた十月二十三日、房枝の葬儀がしめやかに執り行われた。

晩方からの野辺送りには、今まで房枝を支えてきた数名の門弟たちが連なったが、埋葬を終えて裏長屋に戻ってきたのは、いつもの三人だけだった。

「まったく呆れるよな。あのババァときたら、礼儀のなんのとおれたちにやかましく言っておきながら、『世話になった』のひと言もなしに逝っちまいやがって」

おけいが燗《かん》をした酒を飲みながら、笹屋の権兵衛がくだを巻いていた。長く寒風にさらされて青白かった頬が、今は熟したホオズキのようになっている。

「まあ、そう言うな。悪童だった俺たちを辛抱強く躾《しつ》けてくれた人だぞ」

ツルのとりなしに丑之助も追随する。

「そのとおりだ。嫌味な物言いはともかく、ひたむきで嘘《うそ》のつけない方だった。ご苦労が多すぎて、ご自身の苦しみしか見えなくなっていたのだろう」

竈《かまど》の前で話を聞いているおけいも、心の中でうなずいていた。

おそらく房枝は、人の心にうまく添うことができない性分だったのだ。看病にきて十日足らずの自分はともかく、何年も衣食住の世話をしてきた門弟たちへ、ついぞ感謝の言葉を口にしないまま旅立ってしまった。

もちろん丑之助も、ツルも、悪態をついてみせる権兵衛でさえ、礼を言ってもらうために世話をしてきたわけではないだろう。表向きは虚《むな》しく見える献身であっても、大恩ある師範の奥方を最後まで見捨てなかった自分たちに納得しているはずだ。

「ところで、丑之助よ」

酒を嗜《たしな》まないツルが、熱い茶の入った茶碗を両手に持って訊ねる。

「おまえ、例のお宝をどうするつもりだ」

「同田貫の刀か……」

醤油煎餅をあてに飲んでいた丑之助は、悩ましげに太い眉尻を下げた。

「どうもこうもない。今は俺がお預かりしているが、若先生の所在が知れたら、すぐにお返しする」

たとえ佑一郎が見つからなくとも、刀は永井家の親戚《しんせき》に渡すのが筋だという。

「おい聞いたか、ツル。また牛の旦那が馬鹿を言いだしやがった」

ひね者の権兵衛がせせら笑った。若先生はともかく、師範の葬儀にも顔を出さなかった親戚などに、形見をくれてやる必要はないと言うのだ。

「おまえがもらっておけ。今のなまくら刀に代えて腰に差せばいい」

「そうはいかん。若先生が江戸のどこかにいて、ご子息までいるとわかった以上、同田貫は永井家にお返しするべきだ」

「善人ぶるな。本当は喉から手が出るほど欲しいんだろう。そもそも千住にいる若先生が見つからなかったのは、おまえが本気で探そうとしなかったからじゃないのか」

「なんだと――」

ここでツルが割って入った。

「もうよせ。権さん、口が過ぎるぞ。丑之助も真に受けるな」

酒が入っているせいか、だんだんと声が大きくなってゆく二人の友を、あいだに立ってなだめている。

その様子を見ていたおけいは、まだ自分の役目が終わっていないことを痛感した。

(わたしの手ぬかりだ。中途半端で帰ってきたりしたから……)

恩師の刀をどうするべきか、おそらく丑之助は心の中で葛藤《かっとう》している。このままでは、いつまで経っても永井家の家宝は宙に浮いたままだ。

悄然《しょうぜん》とするおけいの頭の中に、うしろ戸の婆から言いつかった言葉がよみがえった。

『宝さがしに行っておいで。見つけた宝は、持ち主のもとへ届けるのだよ』

探さなければならない。千住を出て江戸方面へ向かったという佑一郎が、今どこにいるのか。労咳を患っていたおようと、慎さんと呼ばれていた子供は、その後どうなったのか。

今度こそ――。

江戸の町に冬の訪れを告げた北風は、今朝になってぴたりとやんだ。

日が昇るにつれて寒さもゆるみ、さわやかに晴れ上がった青空のもと、おけいはひとりで日光街道を歩んでいた。

小塚原の刑場を横目に過ぎると、やがて千住大橋が見えてくる。今日は美しい風景に目を奪われることなく、橋を渡ってまっしぐらに本宿を目指した。

酒屋の角を曲がった静かな路地の先にあるのは、ほんの三日前に一宿一飯の世話を受けた千寿屋である。まだ昼の九つ（正午）を過ぎたばかりで暖簾は出ていなかったが、表戸を開けて呼びかけると、女中らしき女がおけいを見て声を上げた。

「あんた、もしかして噂の巫女さんじゃないかい」

相手はおけいのことを知っているようだ。

「あたしが勝手しているあいだに、店を助けてくれたんだろう」

どうやら女将と喧嘩して休んでいた、おツネという女中らしい。

「まあまあ、おけいさん。よくきてくれたね」

「この人が客引きの上手な巫女さんですか」

女将ともう一人の女中も出てきて、ちょっとしたお祭り騒ぎである。

熱のこもった歓迎が一段落したころ、ようやくおけいは背中の風呂敷を下ろし、ツルが持たせてくれた手土産を渡すことができた。

「これ、神田明神下のえびす堂さんで人気の味噌煎餅です」

「気をつかってくれたのかい。すまないねえ」

恐縮しつつ受け取った女将の両脇で、二人の女中が鼻をうごめかせる。

「美味《おい》しそうな匂い。でも、えびす堂なんて初めて聞いたわ」

「江戸では有名な店なの？」

どう答えたらよいものか、おけいは困った。神田明神に参拝する人々のあいだで知られていても、えびす堂はしがない煎餅屋である。江戸に数多《あまた》ある綺羅星《きらぼし》のような有名店に比べれば、無名に等しい小店なのだ。

（だからツルさんは、〈くら姫〉の菓子合せに申し込もうとしているんだわ）

代々工夫を重ねてきた自慢の味噌煎餅を、もっと多くの人に食べてもらいたい。そのためにも、世間に広く認められるきっかけが欲しい――。

ツルの切なる願いに思い至ったおけいは、胸を張ってこう答えた。

「今はまだ神田明神下だけの名物ですが、えびす堂さんの店の名は、近いうちにかならずご府内に知れ渡ります。どうぞ今のうちに味をお試しください」

それを聞いて、千寿屋の女将が面白そうに口の片端を引き上げた。

「あんたが言うのだから間違いないね。そのうち江戸からきた客がえびす堂さんの話をしたら、『とうに食べた』って自慢させてもらうよ」

うなずくおけいに、女将が続ける。

「それとね、忠助があんたに会いたがっていた。すずめ屋さんについて何かわかったのかもしれない」

「忠助さんが――」

早く行けと言われ、おけいは千寿屋の裏庭へ走ったのだった。

「よかったよ。あんたがきてくれないと無駄になるところだった」

宿場の裏道を歩きながら、千寿屋の忠助は同じことを繰り返した。客引きを手伝ってくれた親切な巫女と別れたあとも、仕事の合間にすずめ屋の家族のことを聞きまわっていたのである。

「ありがとうございます。まさかわたしの代わりに調べてくださったなんて」

「いいってこと。ほれ、もうそこに見えてきた」

人の好《よ》い忠助がおけいを連れていったのは、街道を東に外れた小さな寺だった。夜逃げした佑一郎が半年後にここを訪れ、妻の供養を頼んでいたことがわかったのだ。

「供養ということは……」

「おようさんは亡くなったんだよ」

自分は不義理をして宿場を離れた身だからと、佑一郎は簡単な供養をすませただけで、また逃げるように姿を消してしまった。実際に会った住職の話では、伸びた月代《さかやき》と垢《あか》じみた着物が、物乞いのように見えたという。

「ここが本堂だけど、今日は法事でもあったのかな」

本堂からは読経の声が流れ、住職のものらしき草履《ぞうり》のほかに、雪駄《せった》と小さな下駄が沓脱《くつぬぎ》の上に並んでいる。もう少し詳しい話が聞きたくて連れてきてもらったのだが、改めたほうがいいだろうか……。

「じきに終わるから待っていよう。ここの住職は経が短いことで有名なんだ」

冗談かと思いきや、本当に読経はすぐやんだ。

やがて出入り口の戸が開き、本堂から出てきた老人を見て、おけいは思わず『あっ』と大きな声を上げた。

「狂骨先生！　ここで何を――」

「おぬしこそ、なぜ千住などにおる」

驚いたのはおけいと狂骨だけではない。狂骨老人のうしろから現れた少年を見て、忠助までが頓狂《とんきょう》な声を出した。

「やっ、おめえ、佑さんとこの慎坊じゃねぇのか。な、慎坊だろう？」

「おっしゃるとおり、わたしは佑一郎の息子の慎吾《しんご》です。あなたは千寿屋の小父《おじ》さんですね。その節は父がお世話になりました」

年端のゆかない少年だけが、落ち着き払って挨拶をしたのだった。

●

「つまり、小石川の竹林で暮らしていた坊やが、剣術道場の孫だったわけかい」

「そうなんですよ、婆さま」

簀子《すのこ》縁《えん》に座したおけいは、丸い目をくりくりさせてうなずいた。

神田明神下の長屋から出直し神社に戻り、ことの一部始終をうしろ戸の婆に聞かせているところである。

「ご両親に連れられて千住宿を出られた慎吾さんですが、お父さまのご実家が江戸の剣術道場だとはご存じなかったそうです」

慎吾は幼い時分から、父の佑一郎が生まれながらの浪人だと教えられていた。江戸にきても繁華な町なかへは足を向けず、人の少ない寺社地に身をひそめようとする姿を見て、敵持ちの身だという噂は本当かもしれないと危惧《きぐ》していたらしい。

「佑一郎さまは知り合いに顔を見られることを避けておられたのでしょう。すでにお父上の永井兵四郎先生が他界され、お母上が門弟の方々のお世話で暮らしていることを、知る機会がなかったことが悔やまれます」

すぐに路銀が底をつき、佑一郎の家族は路頭に迷った。労咳を患っていたおようの容態も思わしくなく、一度は小石川の養生所《ようじょうしょ》に預けようとしたのだが、身元を明かせなかったため入所は叶わなかった。いよいよ野垂れ死にも覚悟した家族が最後に行き着いたのが、狂骨老人の竹林だったというわけだ。

「おようさんの脈をとった狂骨先生は、竹林に新しい小屋を掛けて佑一郎さまたちを住まわせることにしました。一時は持ち直すかのように見えたおようさんでしたが、それから半年後、ご家族に看取られて亡くなったそうです」

遺骨を抱いて密《ひそ》かに千住の寺を訪ねた佑一郎も、供養をすませてまもなく妻と同じ病を発症した。そのまま小石川で狂骨の世話を受けながら二年半を過ごし、息を引き取ったのが今月二十二日の夜だったという。

図らずも母親の房枝と同じ日、ほぼ同じ時刻に旅立ったのである。

(だから婆さまは、もうじき会えると奥方さまにおっしゃったのだわ)

うしろ戸の婆の右目は白く濁っているが、左目だけは湧き出す泉のごとく黒々と澄んでいる。これは千里眼《せんりがん》といって、遥《はる》か遠方の出来ごとや、過ぎた時代のこと、これから起こるかもしれない先のことまで見通すありがたい目であることを、出直し神社にきて丸一年が経ったおけいは承知している。

「それから、婆さまがおっしゃっていた〈宝さがし〉ですが」

「宝は見つかったのかい」

見つけたつもりだった。永井兵四郎の残した同田貫の刀が、孫の慎吾に届けられたら、それで役目は終わるものと思っていた。ところが、刀を預かっていた依田丑之助が渡そうとしても、当の慎吾が受け取ろうとしなかった。

『父は武家の身分を捨てました。最後まで侍のなりをしていましたが、あれは町人の髷を結うのが気恥ずかしかっただけのことです』

一人息子の慎吾に武家風の立ち居振る舞いを教えはしたが、ついぞ剣術の稽古をつけることはなかった。自分が死んだら身分にとらわれず、思うがまま生きてゆけと、口ぐせのように言い聞かせていたという。

『ですから、わたしはその刀を受け継ごうとは思いません。祖父が望んだとおり、門弟筆頭の依田さまがお納めください』

十一歳の少年にそこまで言われ、ようやく丑之助も踏ん切りをつけたのだった。

今、同田貫の名刀は、若い定町廻り同心の腰にぴったりと納まっている。

「そりゃよかったじゃないか。あの男なら宝の持ち主として不足はなかろう。どうだい、おまえもそう思わないかね」

うっすらと頬を染めてうなずいてから、おけいは別の話を持ち出した。

「ところで婆さま、たね銭を借りた人が一年以内に亡くなってしまったら、倍返しはどうなるのでしょうか」

たとえば剣術道場の奥方が授かった六文は、誰が返せばよいのだろう。

「貧乏神は損得勘定がしっかりしていなさるからね。返る見込みのない銭を貸したりしないのだよ。あれは、この婆の懐から出た香典《こうでん》さ」

うしろ戸の婆が上下一本ずつしかない前歯を見せて笑う。

ふたりが向き合う簀子縁の隅で、近くの寺から吹き寄せられてきた枯葉が、つむじ風に乗って舞い上がった。

第二話

斜《しゃ》にかまえた餡《あん》屋の男へ——たね銭貸し銭四文也

神田明神の高台に銀杏《いちょう》の木がある。海の上からでも見えるこの巨木は、古来、江戸前を行き交う船の目印とされてきた。

すでに十月も晦日《みそか》近くとなり、扇のかたちをした黄金《こがね》色の葉が次から次へと舞い落ちてくる大銀杏の下で、おけいは人を待っていた。

朝四つ（午前十時ごろ）の鐘が鳴りはじめたころ、急な坂道を駆け上ってきた少年が、木の下にたたずむ小柄な巫女《みこ》のもとへ走り寄った。

「おはようございます。お待たせして申し訳ありません」

生真面目《きまじめ》に腰を折って少年が詫《わ》びた。剣術師範・永井兵四郎の孫だということが明らかになった慎吾である。

「狂骨先生はご一緒でないのですね」

「はい。先日来、つききりで看病しておられる病人のご用で、どこかへお出かけになりました。おけいさんによろしくとのことです」

はきはきと話す慎吾は粗末な身なりをしていた。髪は首のうしろでひとつに束ねられ、着古した着物の袖《そで》と袴《はかま》の丈が、のびやかな手足の成長に追いついていない。それにもかかわらず、毅然《きぜん》とした立ち居振る舞いは武家の若さまを思わせる。

（本当に、このままお連れしていいのかしら）

おけいは少々不安にかられた。

『待て、おぬしに頼みがある』

それは三日前の夕方のこと、神田明神下での役目を終えて出直し神社へ帰ろうとしていたおけいを、いきなり現れた狂骨が呼び止めた。

頼みというのはほかでもない、慎吾の身の振り方のことだ。三年近く手もとに置いてきた少年を、狂骨は知り合いの伝手《つて》を頼って武家の養子にするつもりだった。ところが本人にその気がないのだという。

『なんと、町人としてお店《たな》で働きたいと言いだしたのさ』

『あの慎吾さんが、お店奉公ですか』

おけいは驚くと同時に顔を曇らせた。八つの歳《とし》から奉公先を渡り歩き、人さまの家に住み込んで働く厳しさを、身をもって知っているからだ。雇う側の身になっても、武家の言葉や所作が身についた者は使いづらいだろう。

狂骨も同じことを言って諭《さと》したが、慎吾の気持ちは揺るがなかった。ただし、どんな店でもよいというわけではない。菓子職人の見習いになりたいという。

『菓子職人！』

またしてもおけいは驚かされた。慎吾の持っている少年剣士のたたずまいと、菓子職人が頭の中で結びつかない。

『あれはしっかりした子だ。生半可な覚悟ではなかろうし、まずは試しに奉公させてみようと思うて、おぬしに口利きを頼むことにした』

頼むと言うわりに居丈高な狂骨は、どこで耳にしたものか、おけいがお蔵茶屋〈くら姫〉の店主と昵懇《じっこん》で、出入りの菓子屋とも親交があることを知っていた。

狂骨には先だって房枝の往診にきてもらった恩義がある。房枝の孫にあたる慎吾の役に立ちたい気持ちもあって、ひと肌脱ぐことにしたのだった。

「では、まいりましょう」

おけいは先に立って歩きだした。

緊張した面持ちの慎吾を連れていったのは、神田明神下の坂道を下った先にある、相生町の糸瓜《へちま》長屋だった。六軒が向かい合って並んだ長屋の手前から三軒目の軒下に、屋号を書いた白い麻布がさがっている。

「ここが〈志乃屋〉さん、ですね」

慎吾はこともなげに屋号の崩し字を読んだ。

「そうです。今年の二月に商いをはじめたお店ですが、とても人気があるのですよ」

開け放された台所の中では、大鍋《おおなべ》の上に重ねられた蒸籠《せいろ》から白い湯気が上がっている。竈《かまど》の前で火加減を見ていた女が、こちらに気づいて立ち上がった。

「おけいさん、いらっしゃい」

「お忙しいところにお邪魔してすみません、おしのさん」

女店主のおしのは地味な顔立ちの四十女だった。着ている絣《かすり》も前掛けも地味な色味で、扱っている菓子さえも、作り手に似た素朴な味わいのものが多い。

「そろそろ来られるころだと思っていました。そちらのお子さんが――」

「昨日お話しした慎吾さんです」

おけいは昨日のうちに志乃屋を訪ね、奉公人として雇ってもらいたい男の児《こ》がいることを伝えていた。突然の頼みであったにもかかわらず、おしのはさっそく翌朝にでも会ってみると言ってくれたのだった。

「ようこそ、慎吾さん」

「はじめてお目にかかります。わたしは菓子について何も知りません。一から学ばせていただくことになろうかと思いますが、ご教導のほどよろしくお頼み申します」

「おやまあ、十一歳とお聞きしましたが、しっかりしていますね」

おしのに笑われ、付き添いのおけいは冷や汗ものだ。

武家の言葉づかいを控えて、口数は少なめに、なるべく子供らしく振る舞うほうがいいと知恵をつけておいたのだが、いざとなると素が出てしまったらしい。

だが、おしのに気にする様子はなかった。普段は表情の乏しい顔に笑みを浮かべたまま、店の中を見渡している男の児に言った。

「こんな狭い店でがっかりしたでしょう。五月にお隣が空いたので、今は二軒分の台所を使っているのですけど、長屋は長屋ですからね」

店開きをしてすぐ〈くら姫〉にほうじ茶用の菓子を卸し、いきなりその名を知られるようになった志乃屋だったが、おしのは前から住んでいた長屋で商いを続けた。隣の部屋を借りて作業場が広くなったのを機に、近所のおかみさんたちを手伝いとして雇うようになっても、まだ住み込みの奉公人は置いていない。

「そろそろ表通りに店を構えてはどうかと、再三お妙さまは勧めてくださいます。いずれそうしようとは思っているのですけど……」

おしのが引っ越しをためらう理由を、おけいはよく心得ていた。

かつて長崎で南蛮《なんばん》菓子を作っていたおしのの父親は、さるお店の菓子職人として江戸に招かれた。十数年後、自ら考案した南蛮菓子が大人気となったことから、お店を飛び出して自分の店を持った。ところが思うように菓子が売れず、わずか二か月で店をたたむ破目となり、己を恥じて縊《い》死《し》したのだった。

『いいか、けっして高望みなどするな。分不相応な商いには手を出すな』

父親が残したその言葉を、まだ小娘だったおしのは忠実に守って生きてきた。子守りや女中として働き、木戸番小屋の亭主と死に別れたのち、露店に置いた手作り駄菓子が評判となっても、まともな店を持とうとは思わなかった。その後、自分が子守りをしていたお妙に〈くら姫〉の菓子を作らないかと誘われ、出直し神社の神さまにも背中を押されて、ようやく志乃屋をはじめる決心をしたのである。

「いつまでもお父《とっ》つぁんの言葉に縛られていてはいけない。重々わかっているのですが、いざとなると尻込《しりご》みをしてしまいます。これは性分なのでしょうね」

おけいは曖昧《あいまい》に微笑《ほほえ》むしかなかった。

慎重なおしのの性分が悪いとは思わない。だが、時の勢いというのも大事だ。いったん追い風を逃すと、次の風が吹くまで船を漕《こ》ぎだすことはできないのだから。

「あの……すみません、あれは何を蒸しておられるのですか」

黙って話を聞いていた慎吾が、辛抱たまらぬように訊《たず》ねた。湯気を上げる蒸籠が気になって仕方ないらしい。

「糯米《もちごめ》を蒸しているのですよ。今日は安倍川餅《あべかわもち》を作る日なんです」

おしのの安倍川餅は、まだ木戸番小屋の女房をしていたころからの人気の品だ。口の中でとろける餅の柔らかさが売りなので、作り置きはいっさいしない。あらかじめ注文を受けた分だけ作るようにしているのだという。

「今日は朝のうちに安倍川を用意して、昼から州浜《すはま》を作ることになっています。慎吾さんには菓子屋の仕事がどのようなものか、ひととおり見ていただきましょう。あとで洗いものを手伝ってもらうかもしれませんが、いかがですか」

慎吾の父親が武家の出であったことは、おけいが前もって伝えてある。侍の子に菓子職人が務まるのかどうか、一日かけて見極めようというのだろう。

「よろしくお願いします。わたしは明神下に用がありますので、日が暮れる前にもう一度立ち寄らせていただきますけど、慎吾さんもそれでいいですね」

「はい。ご足労をおかけいたします」

おけいの念押しに、頰《ほお》を紅潮させた少年が頭を下げた。

◉

房枝が暮らした長屋には、まだ故人の荷物が置かれたままになっていた。

家主でもある〈えびす堂〉のツルから片づけを頼まれたおけいは、昼を過ぎるころには残っていた荷物をすべて運び出してしまった。

わざわざ形見分けをするほどのものはない。布団や行李《こうり》や枕屏風《まくらびょうぶ》などを古道具屋が引き取ってゆくと、あとは寝間着などを古手屋《ふるて》が持ち帰って終わりだった。

おけいは空っぽになった部屋の塵《ちり》を掃き出し、ていねいに雑巾《ぞうきん》がけをした。柱まできれいに拭《ふ》いてしまうと、もうほかにすることはなかった。

(奥方さま、これから慎吾さんはお菓子屋さんで働くことになりそうです。どうぞ見守って差し上げてください)

いつも房枝が寝ていたあたりに向かって手を合わせ、生きているうちに会わせてやることができなかった孫の行く末を祈る。

片づけが終わったことをえびす堂へ告げに行くと、若旦那のツルが煎餅《せんべい》を焼く手を止めて、店先から出てきた。

「最後まで世話になるな。で、若先生の坊っちゃんはどうなった」

今朝がた志乃屋へ預けてきたことを話す。

「うーん。よもや永井先生の孫が菓子職人を目指すことになろうとはなぁ」

ツルは感慨深げに唸《うな》って腕を組んだ。

「けど、志乃屋さんで修業ができるとは運がいいよ。あの店は、ひと月おきで〈くら姫〉

にほうじ茶用の菓子を卸しているだろう。まだ新しい店なのに立派なものだ」

その口調はどこかうらやましそうだ。

「ところで、おけいさん。これから少しいいかい」

「はい。日暮れ前にもう一度、志乃屋さんへ行きますが、それまでなら」

店の手伝いかと思いきや、意外な誘いがあった。

「今から一緒に〈くら姫〉へ行こう」

「えっ？」

お蔵茶屋に何の用があるのだろう。

「決まってるじゃないか。お茶を飲みに行くんだよ。権さんも誘ったけど、おれたちだけでは入れないからさ」

そもそも〈くら姫〉は、女ひとりでも気楽にお茶を楽しんでもらえるよう、お妙が知恵を絞った店であり、男客だけでの入店は断っている。

もちろん茶代は持つから一緒に行ってもらいたいとツルに頼まれ、おけいも相伴《しょうばん》にあずかることになった。

笹屋の権兵衛は、昌平橋《しょうへいばし》を渡った向こう岸の橋詰で待っていた。

「おいツル、おまえ本気でインチキ茶屋に高い銭を払おうっていうのか」

いきなり失敬なことを言いだした権兵衛を、おけいがムッとにらみつける。

「なんだよ、ちっちゃいの。膨《ふく》れっ面《つら》なんかしたらガマガエルにしか見えねぇぞ」

「わたしはガマじゃなくて、アマガエルですっ」

「ははっ、自分でカエルだと認めてやがる」

ひね者にそれ以上かかずらうことなく、おけいは先に立って紺屋町を目指した。


紺屋町二丁目の裏通りは、武家地と町人地の境目にあたる。町人地側の黒い塀に沿って小さな水路が流れ、塀際から生えた柳の木が、黄葉した枝葉を水面《みなも》に映している。この粋《いき》な景色の向こう側に、お蔵茶屋〈くら姫〉があった。

ちょうど八つどき（午後二時ごろ）とあって、久しぶりに訪れたお蔵茶屋の前では、十人ほどの客が並んで入店の順番を待っている。ようやく黒塀の中に入ることができたのは、列のうしろについて小半時（約三十分）も待ったころだった。

（ああ、またこの場所に戻ってきたんだ……）

おけいは目の前に広がる〈くら姫〉自慢の前庭に、ほうっとため息をついた。

昨年の十月末、お蔵茶屋の再開を目指すお妙の相談相手として訪れたとき、ここは庭というより石ころだらけの荒れた空き地だった。それを正月の店開きに向けて手を入れ、四季の樹木や草花を散策して楽しめる庭園に仕上げたのだ。

あれからほぼ一年が過ぎ、季節は再び初冬を迎えていた。

枝ぶりのよい松は常葉《とこは》を茂らせているが、桜や梅の木はすでに葉を落としてしまった。秋の草花も盛りを過ぎ、椿《つばき》が咲くにはまだ早いとあって、花をつけているのは所どころで群れ咲く寒菊だけだ。その穴埋めをするように、隅の築山《つきやま》では楓《かえで》の木々が一面に紅葉を散らし、色味の少ない庭に鮮やかな色彩を添えている。

自分も下草を植えて手伝ったことを思い返しながら散策していると、漆喰《しっくい》の白壁が美しい店蔵から女衆が走り出てきた。

「ちょいと、おけいさん！」

「あれまあ、本当におけいさんだよ！」

客を店蔵まで案内する役目のお政《まさ》と、下足番のおたねである。

「ご無沙汰《ぶさた》しています。お二人ともお元気そうですね」

お蔵茶屋が再開した当初から働いているお政とおたねは、巫女姿の小娘を揉《も》みくちゃにして喜んだ。

「今日きてくれるなんて、ちっとも知らなかった」

「水くさいじゃないか。お妙さまも、お仙《せん》さんも、なぁんにも教えてくれないし」

お妙たちには知らせていない。急に知り合いが連れてきてくれたことを話すと、おたねが一目散に店蔵の中へ戻っていった。

事態が吞《の》み込めないツルと権兵衛は、ただ呆然《ぼうぜん》と突っ立っている。

そこへ今度は、文金島田《ぶんきんしまだ》を高々と結った若い女が、小判と稲穂が描かれた小袖の褄《つま》をとって現れた。

「おけいちゃん！」

「仙太――いえ、お仙さん！」

うっかり『仙太郎さん』と呼びそうになり、慌てて言い直した。

お蔵茶屋のお運びとして働くお仙は、もとの名前を仙太郎といって、お妙が贔屓《ひいき》にしていた腕のよい廻《まわ》り髪結いだった。だが仙太郎には秘密があった。物心ついたころから自分が男であることに馴染《なじ》めず、女になりたいと願い続けていたのだ。

それを知ったお妙が、お蔵茶屋のお運びとして仙太郎を雇い、生半尺《なまはんじゃく》な息子を勘当すると息巻いていた実家の父親とも仲直りさせた。今やお仙はただのお運びではなく、お妙の右腕として〈くら姫〉で働く女衆を束ねている。

「お久しぶり。今日はお知り合いときてくれたそうね。お庭でも見ながらもう少し待ってもらっていいかしら」

じきに奥のよい席が空きそうだから、と、こっそり付け加えるお仙に、おけいも小声でお願いしますと返した。

「へえ、ちょいと背高《せいたか》だけど別嬪《べっぴん》だな。あれが噂《うわさ》の女店主かい」

すらりとしたうしろ姿を見送り、口の端をゆるませてツルが訊ねる。

「いいえ、お仙さんは番頭さんみたいなもので――」

「おい、ちっちゃいの」

不服そうな権兵衛が割って入る。

「おまえ、ここの女店主と知り合いなのか。だったら早くそう言えよ」

インチキ茶屋とか、油断ならない女狐《めぎつね》とか、これまでさんざん〈くら姫〉の悪口を言い散らしてきたことに、多少のきまり悪さを感じるらしい。

そこでおけいは、以前お蔵茶屋を手伝ったことがあると初めて打ち明けた。それと同時に、店主のお妙が美しいばかりでなく、優しく思いやりがあって、何ごとも筋を通す立派な人であることも力説しておいた。

はたしてひねくれ者の権兵衛が納得したかどうかは定かでないが、そうこうするうち、再びお仙が庭に現れた。

「お待たせいたしました。お席が空きましたので中へお入りください」

下足番のおたねに履物《はきもの》を預けて座敷に上がり、お仙の案内で畳の上を歩く。

おけいたちに用意されていたのは、常連客が金を払ってでも座りたがる最奥の席だった。ここからは亭主席が目の前に見えるのだ。

亭主席の畳には炉《ろ》が切ってある。棚や屏風、茶入れ、水差しなど、いわゆる茶の湯に用いる道具のほか、煎茶《せんちゃ》用の急須《きゅうす》やほうじ茶の入った土瓶なども置かれていて、客の好みに応じた茶を供することができる。

炉の前に座して抹茶を点《た》てるのは、息を呑むほど美しい女だった。艶《つや》やかな髪を笄髷《こうがいわげ》に結い、深みのある紺色の地に雲居《くもい》の雁《かり》を刺繍《ししゅう》した豪華な小袖をまとう姿は、大名家に仕える御殿《ごてん》女中のようだ。

「いやはや、お仙さんも美人だが、こちらはまるで天女さまだな」

ツルが突っ立ったままで見とれる麗人こそ、〈くら姫〉店主のお妙である。

「どうぞお座りになってくださいまし。うちの店主は天に昇ったりしませんから、ご注文をお決めいただいたあとでも、ゆっくりご覧いただけますよ」

これは一本とられた、と、頭を掻《か》きながらツルが席についた。

ひね者の権兵衛はというと、まるで興味のない体《てい》を装ってはいるものの、座敷に上がったときから亭主席のほうをちらちら盗み見ている。

そんな男客に、お仙が紅葉《もみじ》の透かしが入った紙を差し出した。

「こちらが十月のお品書きです。抹茶の折敷《おしき》は吉祥堂さんの〈能勢《のせ》いのこ〉を添えてお出ししております。煎茶の折敷はいづみ屋さんの〈冬紅葉〉、ほうじ茶の折敷には文化堂さんの〈黄金芋《こがねいも》〉を添えさせていただきます」

菓子と聞いて口もとを引き締めたツルが、真剣な面持ちで品書きに見入る。

お蔵茶屋では常に三種類の茶が用意されていた。どの茶も菓子と一緒に折敷にのせて供され、最も値の高い抹茶の折敷が百文、煎茶の折敷は五十文、ほうじ茶の折敷は三十文と決まっている。

蔵座敷で茶を喫しているのは、ほとんどがおめかしをした女たちである。華やかな振袖姿の娘たちも、粋な小紋を着たご婦人も、縞《しま》の木綿を身に着けたおかみさんも、それぞれが懐《ふところ》具合に応じた折敷を頼み、日常の暮らしをいっとき忘れて、お蔵茶屋の雰囲気を味わっているのだった。

ご相伴にあずかることになっている権兵衛とおけいは、黙ってツルの注文を待った。

「せっかくきたんだ。ひととおり味わってみないことにははじまらないよな」

ツルは悩むのをやめ、気前よく三種の折敷をひとつずつ注文した。

茶を待つあいだに、おけいは連れの男たちを奥の床の間へと案内した。

ここには毎日違う軸が掛けられ、立花が飾られる。どちらもお妙が自ら選んだもので、今日の軸には『古今無二路』と書かれていた。その手前には小さな実のついた柿《かき》の枝と、白い穂のススキを活けた花籠《はなかご》が置かれている。

「さすがに風流だな。でも、これと同じ掛け軸を永井先生の剣術道場でも見たぞ。意味も教えていただいたはずだが、はて、何だっけなぁ」

依田丑之助なら覚えているかもしれないが、自分には思い出せないというツルのうしろから、権兵衛の声が聞こえた。

「古今《ここん》二路無《にろな》し――。昔も今も、真実を求める者の前にふたつの道はない。ただ一本の道があるのみ。たしかそんな意味だ」

へえー、と、感心して振り返るツルとおけいの視線から逃れるように、権兵衛がさっさと席へと戻ってゆく。そこへ注文の品が運ばれてきた。

「まずは茶を取ってくれ。菓子は三人で切り分けよう」

急いで席についたツルが煎茶を権兵衛に譲り、自分はほうじ茶の湯飲みを引き寄せる。

「では、このお抹茶は、おけいちゃんの前に置かせていただきましょう」

品のある朗《ほが》らかな声に、おけいはもちろん、ツルと権兵衛が目を見張った。

「お妙さま！」

多忙な女店主が亭主席を離れ、手ずから抹茶の折敷を運んできたのである。常連の客でもめったに受けることのできない、これは特別な待遇だった。

「ようこそ、おけいちゃん。お客としてきてくださったのは初めてですね」

言われてみればそのとおりだった。これまで幾度も招きを受けていたが、お妙の厚意に甘えるのは気が引けて、正面から入店したことはなかったのだ。

「今日はこちらの若旦那さまに連れてきていただきました」

「は、はじめてお目にかかります。神田明神下のえびす堂の倅《せがれ》で、ツルと申します」

不意をつかれてうろたえながらも、かろうじて挨拶をする。

権兵衛に至っては挨拶どころか、いつもの憎まれ口すら出てこない有様で、首を真っ赤にしてうつむくばかりだ。

「こちらの方は、湯島聖堂前の笹屋の権兵衛さんです」

代わりにおけいが紹介する。二人とは神社のお役目で知り合い、世話になったことをつけ加えると、お妙は極上の笑みを湛《たた》えて言った。

「そうでしたか。このおけいちゃんは、身内の縁のうすい私が妹のように思っている人です。ご親切にしていただいて、私からもお礼を申し上げます」

「い、いや、世話になったのはこっちのほうで、本日はお日柄もよろしく……」

舞い上がって訳のわからないことを口走るツルに、どうぞごゆっくりと言い残し、お妙は亭主席へと戻っていった。

しずしずと衣装の裾《すそ》をひく優雅なうしろ姿を見送って、はあぁー、と大げさなため息をついたツルだったが、目の前の折敷に視線を戻すと、すぐに気を取りなおした。

「さあ、いただこうか」

まずは抹茶に添えられていた吉祥堂の〈能勢いのこ〉を試すことになった。

いのこは亥《い》の子を意味する。宮中に玄猪《げんちょ》と呼ばれる風習があり、神無月の亥の日になると、イノシシの仔《こ》に見立てた亥の子餅が食されてきた。古くは摂津国《せっつのくに》の能勢郡から亥の子餅が献上されていたのだと、品書きに書いてある。

さして大きくもない茶色の餅は、三人で分けるとかなりお上品なひと口となった。わずかばかりの餅を真剣に吟味しようとするツルとおけいの前で、権兵衛だけが早々に餅を煎茶で流し込み、皮肉な笑みを浮かべて言った。

「おまえら、吉祥堂の主菓子《おもがし》がいくらで売られているか知っているか。ひとつ四十文だ。天ぷらそばを食ったうえに、大福餅が二個買える値段なんだぞ」

所詮《しょせん》は金持ちに見栄《みえ》を張らせるためだけの菓子で、腹の足しにもなりはしないと息巻く権兵衛の言い分もわかるが、吉祥堂の菓子がけっして見せかけだけのものでないことを、おけいはお蔵茶屋を手伝っていたころに学んでいた。

「お餅のまだら模様がイノシシの仔に見えますね。中身の餡《あん》は肉桂《につき》の香りがします」

「うん、宮中で食す正式なものには、大豆、小豆《あずき》、ささげ、胡麻《ごま》、柿に栗《くり》なども用いたと、お品書きにあるが、この餅にも雑穀が混ぜてあるようだ」

吉祥堂で扱う菓子には、古式に則《のっと》ったものと、南蛮渡りの斬新なものがある。いずれも名人と呼ぶにふさわしい菓子職人たちが研鑽《けんさん》を重ねて作りだした品ばかりで、材料にもこだわり抜いていると聞く。

「権さんの言いたいこともわかる。でもこれは自慢の種にするためだけの菓子じゃないように俺は思う。いいものを食ったと心の底から納得できるこの感じは、ほかの何ものにも代えがたいよ」

ツルが口にしたのと同じ意味のことを、お蔵茶屋を再開する際にお妙も考えていた。お客さまに日々憂さを忘れて特別なひとときを過ごしてもらうためには、吉祥堂の主菓子が欠かせない。その思いは今も変わらず、抹茶の折敷に添えられる月替わりの菓子を、ほかの菓子舗《かしほ》に任せたことはないのである。

「よし、次は煎茶用の菓子を試してみよう」

煎茶に添えられていたのは、紅葉のかたちをした練り切りだった。深川黒江町《くろえちょう》のいづみ屋が卸した〈冬紅葉〉である。

「いい色合い。冬枯れの枝に残った最後の一葉そのものですね」

練り切りの菓子は味の変化が乏しい分、見た目の美しさが命となる。その点でいづみ屋の〈冬紅葉〉は秀逸だった。深紅から海老茶《えびちゃ》色、葉先のこげ茶色に至る色の変化が美しく、病葉《わくらば》を模した黒い斑点《はんてん》などは本物の紅葉と見紛《みまが》うばかりである。

「うん、うまい。色かたちが見事なだけでなく、味もいいじゃないか」

「濃い煎茶にはよく合っているさ」

ただし月並みだけどな、と、言い加える権兵衛は、あくまでも批判的な立場を変えるつもりはないようだ。

「いよいよ最後は、ほうじ茶用の菓子だ」

ツルがきっちり三等分して配ったのは、文化堂の〈黄金芋〉だった。名前のとおり、黄金色をした小さなさつま芋形の菓子である。

「とても優しい味がします」

おけいは顔をほころばせた。口に入れると知らずに笑みがこぼれてしまう、どこか懐かしい味わいだ。

「案外手が込んでいるな。芋をつぶしただけでなく、中に白餡を包んである。まわりにまぶした粉は、おそらく麦こがしだ」

「文化堂なんて初めて聞いたぞ。どこの店だ」

ツルが手にしている品書きには、店の所在も記されてあった。

「愛宕山《あたごやま》の天徳寺《てんとくじ》門前町と書いてある。よく見つけてくるよなぁ」

三十文という手を出しやすい値に抑えるため、ほうじ茶用の菓子には庶民的な駄菓子や餅菓子が添えられる。仕入れ先も有名店ではなく、ほとんどが地元でしか知られていない小さな店だった。

ちなみに江戸の町には、幕府や大名家に菓子を納める御用菓子屋を筆頭に、上菓子屋、中菓子屋などの仲間に名を連ねる店が数多《あまた》あり、主立ったものだけで百軒を超えている。名もなき小店や露店まで含めれば、その何倍にもなるだろう。

今回、お妙が大々的に〈菓子合せ〉を催すと決めたのには、まだ世間に知られていない隠れた名店に名乗りを上げてもらう狙いもあるのではないかと、ツルとおけいは残った茶を飲みながら話し合ったのだった。

お蔵茶屋からの帰り道、昌平橋を渡る途中でツルが立ち止まった。

「権さん。俺、やっぱり〈くら姫〉の菓子合せに申し込む」

「そう言うだろうと思った」

前を歩く権兵衛が、振り返りもせずに答える。

わざわざ百八十文も使って茶を飲みに行ったのは、菓子合せの舞台となる〈くら姫〉の下見と、供されている菓子がどの程度のものかを知りたかったからだ。ツルはまだあきらめていなかったのである。

「権さんも一緒にやろうよ。笹屋の餡とうちの煎餅で、新しい菓子を作るのはどうだ」

人気店の志乃屋も、もとは門前町の露店にすぎなかった。それがお蔵茶屋に菓子を卸したことで、一躍その名が知れ渡った。自分たちだって菓子合せに参加すれば、同じ機運にめぐまれるかもしれないと熱く語るツルだったが、権兵衛の返事は冷めていた。

「そんな夢みたいなことを本気で考えているのか」

「だって権さん」

「やるだけ無駄だ」

橋詰まで歩いて振り返った権兵衛は、火傷《やけど》の引きつれのせいで普段から皮肉っぽく見える頬を、ことさら歪《ゆが》めて笑ってみせた。

「目《ま》の当たりにしてわかっただろう。茶も、菓子も、設《しつら》えにもこだわって、口の肥えた女どもを相手にしている店だぞ。しがない餡屋と煎餅屋の菓子が通用するはずがない」

「でも、ほうじ茶用の菓子なら俺たちだって――」

「いけると思うならやってみろ」

おまえを止めるつもりはないと、権兵衛が突き放した口調で言った。

「ただし、菓子合せにお題があることを忘れるなよ。〈宝尽くし〉とやらにちなんだ菓子をどうやって作るのか、楽しみにしているからな」

湯島聖堂前の店へと帰ってゆく親友を見送りつつ、ツルが悄然《しょうぜん》とつぶやいた。

「そうなんだよな。お題の〈宝尽くし〉。そいつが難問なんだ……」

橋の上で考え込んでしまったツルと、傍《かたわ》らに立つおけいの横を、冷たい北風が吹き抜けていった。

◉

いつしか時刻は暮れ六《む》つ（午後六時ごろ）になっていた。

えびす堂を手伝って時間を費やしたのち、おけいが再び糸瓜長屋へ行ってみると、袴の上から前掛けをつけた少年が洗いものをしていた。

「ご精がでますね、慎吾さん。わたしもお手伝いします」

「では、ここの続きをお願いします。もう水瓶《みずがめ》が空になりそうなので」

井戸へ水を汲《く》みに行く慎吾の代わりに、洗い終わった皿や鉢を布で拭く。

「あら、おけいさんまで。助かります」

流しのまわりがきれいになったころ、隣家の台所で明日の仕込みをしていたおしのが、様子を見にきた。

「今晩のうちに州浜をこしらえておきたいのですが、その前に夕餉《ゆうげ》にしましょう。さぞかしお腹《なか》がすいたでしょう」

おしのは、『はい、ぺこぺこです』と正直に答える少年だけでなく、おけいも誘って同じ相生町にある飯屋へ連れていった。

「このお店の客は、お酒を嗜《たしな》まない人がほとんどです。私のような独り身の女でも気楽に入ることができて助かっています」

たしかに夕餉どきの店の中で、酒を飲んでいる客は見当たらなかった。おもに年配の男女がもくもくと飯を食い、常連客同士は静かに談笑している。

「いいお店ですね」

「女将《おかみ》さんの作る日替わり膳《ぜん》も美味《おい》しいですよ。今夜はサンマかしら」

すでに暖簾《のれん》をくぐったときから、魚の脂が焼けるよい匂いがしている。待つほどもなく膳が運ばれ、小上がりに座している三人の前に据えられた。

「どうぞ召し上がれ」

おけいはありがたく箸《はし》をとった。旬のサンマは脂がのって旨《うま》い。ほぐした身にハラワタの苦いところと大根おろしをのせて食べると、秋ならではの味が口の中に広がる。

大根葉と油揚げの味噌汁《みそしる》も、小鉢に入ったキノコの和《あ》え物もいい味で、里芋の味噌田楽《でんがく》を別に注文してもらった慎吾などは、大盛りご飯をおかわりして食べている。

おかわりこそ遠慮したおけいも、里芋をひとつ串から取り分けてもらった。八丁味噌を使った田楽のタレは見た目より甘口で、癖になりそうな味だった。

あたたかい食事に腹が満たされたころ、おしのがいつもの控えめな声で訊ねた。

「どうです、慎吾さん。たった一日ですが実際に働いてみて、この先も菓子屋の仕事を続ける気はありますか」

慎吾は飲みかけの湯飲みを膳に置いてうなずいた。

「はい。女将さんさえよろしければ、このまま志乃屋に置いてください」

今日はまだお客さま扱いをしてもらっていることも承知している。今後は奉公人として厳しく使ってもらいたいと、しっかりした覚悟まで述べた。

そんな慎吾の眼をじっと見ていたおしのには、もうひとつ、はっきりさせておきたいことがあるようだった。

「あなたには武家の養子になる道もあったと伺いました。だのにどうして町人に――菓子職人になりたいと思われたのですか」

おけいも不思議に思っていた。町場には多種多様な仕事がある。侍の子としての素養を活《い》かせる職も探せば見つかるかもしれない。それがなぜ菓子職人なのか。

「話せば長くなりますが、よろしいでしょうか」

おしのは店の中を見渡した。まだ夕餉どきではあるが、空いている席がいくつもある。

「ここで聞かせてください」

では、と、小上がりの畳に居住まいを正して、慎吾少年が語りはじめた。

「わたしの父の佑一郎は、若いころに侍の身分を捨てて家を出ました。江戸を発《た》ってすぐ、千住の宿で出会った旅籠《はたご》の娘と夫婦《めおと》になり、わたしが生まれたのです」

親子三人の慎《つつ》ましくも幸福な暮らしは、慎吾が八つのとき、女将として旅籠を切り盛りしていた母親のおようが労咳《ろうがい》を患ったことで終焉《しゅうえん》を迎えた。商いの立ちゆかなくなった旅籠を手放し、それでも借金を返しきれず夜逃げに追い込まれたのである。

「江戸へ逃れはしましたが、実家を捨てた父には頼る身内がありません。わずかな路銀《ろぎん》も使い果たし、野垂れ死にしそうになっていたわたしどもを助けてくださったのが、小石川の竹林に隠棲《いんせい》しておられた狂骨先生でした」

狂骨のはからいにより、慎吾の一家は竹林に留《とど》まることになった。そればかりか、医術の心得がある狂骨に処方された薬湯《やくとう》が効いて、今日明日の命と思われていたおようが小康を取り戻したのである。

「もちろん労咳が完治したわけではありません。あと半年はもたないから、ここで病人を看取《みと》るよう、先生は言ってくださいました。ただ世話になるばかりでは申し訳ないので、父は竹林で暮らす人たちの仕事を手伝うようになったのです」

狂骨たちが起居する竹林は、とある寺院の所有地だった。行き場のない人々を住まわせる代わりに竹の手入れや掃除をすることで、寺の官長には話がついていた。

「毎日欠かさず竹林と寺院の敷地を歩き、古くなった竹を伐《き》ったり、落ち葉を掃いたりしていた父でしたが、数か月が経《た》ったころ、もらいものだと言って、竹の葉に包んだぼた餅をひとつ母に持ち帰りました」

およう は元気なころから甘いものに目がなかった。いつもはうすい粥《かゆ》を喉《のど》に流し込むのにも時間がかかるのに、差し出されたぼた餅を見た途端、喉を詰まらせはしないかと心配になるほどの勢いで食べてしまい、その日はずっと調子がよさそうだった。

「父は喜びました。甘い菓子が母を元気づけるとわかって、毎日のように菓子を持ち帰るようになったのです」

菓子の種類はさまざまだった。ぼた餅、大福餅、草団子などのほかに、桜餅や麩焼《ふのや》きなどもあり、竹の葉に包んだひとつだけと決まっていた。

その大事なひとつの菓子を、およいは息子にも分けようとした。慎吾も甘いものは好きだったが、いつも『お先にいただきました』と言って断っていた。

菓子を食べているときだけ、およいは幸せそうだった。その昔、まだ自分の親が健在で旅籠も繁盛していたころ、江戸からきて泊まっていく常連客が、土産《みやげ》に菓子を買ってきてくれた思い出があったのだ。

『何人かのお客さまが菓子をくださるのだけど、おっ母《か》さんはそれが楽しみでね。今日は来ないか、明日は来ないかと、首を長くして待ったものだよ』

およいにとって、江戸の菓子は単なる甘いおやつではなく、両親に守られて過ごした子供時代の思い出そのものだったのだろう。

中でも特別のお気に入りが、日本橋・吉祥堂の薯蕷饅頭《じょうよまんじゅう》だったという。

吉祥堂と聞いた途端、ピクリ、と、おしのが肩を震わせた。

その薯蕷饅頭がいかなるものかを、およいは夢見るような目で慎吾に教えた。

『とても上品なお饅頭でね。子供でもひと口で食べてしまえる大きさなのだけど、丸くて真っ白な皮のてっぺんに、赤い点がぽっちりとあるのが可愛《かわい》らしくて』

今となっては皮も餡もどんな味がしたのか思い出せない。でも、もう一度だけ、折り鶴が描かれた包み紙を開けて、あの饅頭を食べてみたい——。

日ごとに弱ってゆく病人の、おそらく最期の望みである。どうにかして手に入れることはできないものかと、慎吾は父親に頼み込んだ。

『私もなんとかしてやりたいと思っている。もう少し待ってくれ』

佑一郎はもう少しと言ったが、むなしく日にちだけが過ぎていった。ぼた餅や団子を持ち帰っても、もうおようには起き上がって口にする気力がない。

慎吾はいい加減にじれったくなった。

（そもそも父上は、どこでお菓子をいただいているのだろう）

頼れる身内がいないどころか、人目を忍んでいるはずの佑一郎である。いったいどこの誰に菓子を分けてもらうのか——。

気になった慎吾は、ある朝、寺院の掃除に出かける佑一郎のあとを、こっそりついて行くことにした。

佑一郎は寺院の庭をきれいに掃き清めたあと、裏庭の外にある墓地へと入っていった。

そこでも熱心にひとつひとつの墓石のまわりを掃いていたが、ある墓石の前まで来ると、左右を気にしながら身を屈《かが》めた。草でも抜いているのかと思ったがそうではない。墓参りの者が置いていった供え物の皿を、真剣な顔で見つめている。

（まさか、父上――）

そのまさかだった。着物の袂《たもと》から竹の葉を取り出し、皿にのっている三つの草餅のうちひとつを包み、素早く袂に隠したのである。

見てはいけないものを見てしまった気がして、慎吾は慌ててその場から走り去った。

しかし、これで謎は解けた。佑一郎は墓所の掃除をするかたわら、妻のために供え物の菓子をくすねていたのだ。とりわけ今は吉祥堂の薯蕷饅頭を求めて、あちこちの墓所をめぐり歩いているのだろう。

その場は衝撃を受けた慎吾だったが、翌日からおようの病状が重くなり、佑一郎が付ききりで看病するようになると、今度は自分が墓所へ通うようになった。

実際にやってみると、墓に供えられる菓子はおはぎや団子が多く、有名店の高価な薯蕷饅頭には、なかなかお目にかかることができなかった。

三日経ち、四日経ち、五日目の昼下がりのこと。いつもの墓所へ行った慎吾は、見るからに品のよい老人が、小さな墓石の前で手を合わせるところに出くわした。

はやる気持ちを抑え、老人が立ち去るのを待って墓石の前へ行ってみる。思ったとおり、そこには菓子の包みらしきものが供えてあった。しかも母親のおように聞いていたのと同じ、折り鶴が描かれた包み紙である。

（吉祥堂の菓子だ！）

迷いはなかった。佑一郎のように中身をひとつだけ持って帰る心づかいも、足もとに落ちている線香入れに気をとめる余裕もなく、包みごと鷲《わし》づかみにして引き返そうとした、そこへ――、

てっきり帰ったものと思っていた老人が引き返してきて、鉢合わせてしまった。

老人の目は、慎吾のつかんだ紙包みを見ている。

もうどうすればいいのかわからなかった。謝ることも、逃げることもできず、ただ老人と向かい合う、そんな慎吾の肩に、誰かがうしろから手を置いた。

『父上……』

振り返ると佑一郎がいた。ここ数日、息子が墓所を歩きまわっていると噂を聞き、妻を狂骨に任せて様子を見にきたのだった。

佑一郎は黙って息子の手から包みを取り上げ、もとの墓前に戻して合掌すると、今度は老人のほうへ向き直った。

『子の不始末は親の不始末。どうか倅《せがれ》の横道《おうどう》をお許しいただきたい』

深く頭を下げて詫びても、老人は返事をしない。そのまま佑一郎が先を続ける。

『恥かきついでにお訊ねいたしますが、あの供え物の中身、もしや吉祥堂の薯蕷饅頭ではござらぬか』

老人が細長い首を縦に動かしたと見るや、佑一郎はその場で地面に手をつき、次のよう

に述べ立てた。

自分は赤貧洗《せきひん》うがごとき浪々の身で、物乞いたちの情けに縋《すが》りながら、病身の妻を看病している。ついては余命いくばくもない妻のため、その供え物を恵んでいただくわけにはいかないだろうか、と。

『お頼み申し上げる。このとおり――』

泥だらけの地面に額をこすりつけて懇願する佑一郎の姿に、たまらず慎吾も隣に膝《ひざ》をついて謝罪した。

『わたしの罰《ばち》当たりなふるまいをお許しください。吉祥堂の薯蕷饅頭を待ちわびる母に、持ち帰ってやりたい一心だったのです。どうぞ、お供えをお恵みください』

老人は並んで土下座する父と子を見下ろしていたが、墓前に戻ってもう一度手を合わせたあと、慎吾の横をすり抜けざまにつぶやいた。

『お下がりでよければ、持ってお帰り』

『あ、ありがとうございます！』

感謝の言葉とともに顔を上げると、鼻先に包み紙が置かれていた。

痩せたアオサギを思わせる老人は、すでに背を向けて立ち去るところだった。

長かった慎吾の話も、いよいよ終盤に差しかかっていた。

「小屋で浅い息をして横たわっていた母は、折り鶴が描かれた包み紙を見た途端、ぱっと目を輝かせました」

包みの中には、かねて聞かされていたとおり、白い皮のてっぺんに、ぽっちりと赤い点を打った小ぶりな饅頭がふたつ入っていた。

そのひとつを手のひらにのせてやると、おようは拝むような仕草をして口に運び、柔らかな生地と餡を齧《かじ》った。そして口の中で幾度も嚙《か》みしめ、ゆっくりと飲み込んだあと、なんとも言えない晴れやかな顔で微笑んだのだった。

「翌日の夜明けを待たず、母は亡くなりました。穏やかできれいな死に顔に見えたのは、わたしの欲目ではないと思います」

おようは息を引き取る間際まで、あのお饅頭は美味しかったねぇ、と、夫と息子に繰り返した。ひとつ残った饅頭を、手ずから半分に割って二人の口に入れていたのだ。

吉祥堂の薯蕷饅頭は、慎吾にとっても特別な菓子となったのだった。

「父とわたしは、母を見送ったら江戸を離れて静かなところへ行こうと話していました。でも母の供養がすんだその日に、父が血を吐いて倒れてしまいました」

竹林にとどまり、今度は父親の看病をすることになった慎吾だったが、狂骨老人に読み書きをはじめ多様な知識を学ぶ機会を得た。

望むのであれば、もっと本式の学問を続けられるよう取りはからうと狂骨は言ってくれたが、慎吾には己の進むべき別の道が見えていた。

「母が末期《まつご》の菓子を口にしたときの晴れやかな顔を、わたしは今もはっきりと覚えています。世の中には死の淵《ふち》をさまよう病人さえ幸福な気持ちにしてしまう菓子がある。それをこの手で作りたいと思うようになったのです」

母が震える手で口に入れてくれた饅頭の味を、自分は死ぬまで忘れないだろう。あの味を目指して、いつか人を笑顔にできる菓子職人になりたい。大恩人の狂骨に胸の内を明かしたときから、自分にはこの道しかないと決めているのだと、慎吾は締めくくった。

「そうでしたか……」

真っすぐで力強い少年の眼差《まなざ》しを、女店主の小さな目が受け止めた。

「わかりました。では、しばらく見習いの小僧としてうちを手伝ってもらいます。菓子屋の仕事に向いていると思ったら、正式な奉公人として雇いましょう」

場の勢いだけで決めてしまわないところが、いかにも慎重なおしのらしい。

慎吾もそれで納得したのか、よろしくお頼み申しますと、格式ばった仕草で頭を下げたのだった。

その晩、おけいは志乃屋にとまってゆくことになった。慎吾と一緒に州浜の作り方を教わっているうち、すっかり夜が更けてしまったのだ。

きな粉と水飴《みずあめ》を練り合わせ、可愛らしくかたちを整えた州浜は、開店当初から変わらない志乃屋の人気商品である。銀杏の葉とドングリのかたちをした州浜を木箱に並べ終わるころには、もう木戸が閉まる時刻になっていた。

「すみませんね、ついお引き止めしてしまって」

「いいえ、わたしのほうこそ、お手数をおかけします」

おけいはえびす堂から借りてきた二組の布団のうち、一組をおしのの布団の横に並べて敷いた。もう一組は隣の家で慎吾が使っている。

「よほど疲れていたのでしょう。横になったら、すぐに眠ってしまいました」

「初めての仕事で、気を張っておられたのですね」

小声で笑い合うおしのとおけいは、布団に入ってからもおしゃべりを続けた。

秋口に江戸を襲った流行り風邪《はやりかぜ》のことや、おけい自身も深くかかわった〈妖《あや》しい刀〉にまつわる殺しの一件など、尽きない会話のなかで一番盛り上がったのは、やはり二人が出会うきっかけともなったお蔵茶屋のことであった。

「志乃屋さんは、あれからずっと、ほうじ茶用のお菓子を卸しているのでしょう」

すごいことだと称賛するおけいに、おしのがつつしみ深く答える。

「毎月ではありません。ひと月おきに務めさせていただいています」

そのひと月おきが『すごい』ことだった。今をときめく人気茶屋となった〈くら姫〉に、ひと月どころか一日でもいいから菓子を卸させてほしいと売り込みにくる菓子屋が、引きも切らないと聞いている。

しかし、おしのは褒《ほ》められて喜ぶどころか、薄い眉根《まゆね》を曇らせた。

「来月の注文は受けていますが、その先はどうなるかわかりません。おけいさんもご承知のとおり、師走《しわす》の煤払《すすはら》いの前日に〈くら姫〉で菓子合せが催されます。勝ち残った三種の菓子が、翌年の正月用の折敷を飾ることになっているのです」

今まで出入りしていた店が選ばれるとは限らない。むしろ店主のお妙としては、常連客を引きつけ、かつ新しい客を呼び込む手段として、菓子合せをきっかけに出入りの菓子屋を総入れ替えするつもりではないか。

「お妙さまは優しい方ですが、商いとなると話は別です。お客に飽きられてしまうような菓子屋に出入りを許すほど甘くはないでしょう」

おしのの言うことはもっともだった。お妙は常に真剣勝負の商いをしており、どれほど親しい間柄であっても、情に流されたりはしない。かくなる上は志乃屋としても覚悟を決め、正々堂々と菓子合せで競い合うしか道はないのだ。

「申し込みの締め切りは来月の八日です。あらかじめ用意された紙に、決められた事柄を書いてお渡しすることになっています」

今日は十月二十八日。すでに五十軒以上の菓子屋が申し込みをすませ、締め切りまでには倍の数に膨らむ見込みだという。

「もちろん、すべての店が師走の決戦に臨むことはできません。まずお妙さまが申し込みの中身を読んで絞り込んだ三十軒だけが、二回戦として実物の菓子をお見せすることができます。そこから判定人が改めて吟味するそうです」

二回戦に駒《こま》を進める三十軒が決まるのは十一月の十二日だというが、総勢百軒を超える菓子屋の中から、いったい何軒が決戦へ進めるのだろう。

「抹茶、煎茶、ほうじ茶、それぞれに合わせた菓子を三点ずつ残すと聞きました。つまり決戦では、九軒の菓子屋が〈くら姫〉に集まることになります」

「たったの九軒！」

おけいは頭がくらくらしてきた。考えただけでも熾烈《しれつ》な戦いである。

「うちも早く申し込みに行きたいのですが……」

布団を口もとまで引き上げて、おしのが深いため息をついた。

十一月は〈くら姫〉から月替わりの菓子の注文を受けている。ほうじ茶に合う初冬の菓子を考えるのに精一杯で、まだ菓子合せ用のものは完成していないという。

「なにしろ〈宝尽くし〉のお題がありますからね。古今東西の宝に見立てた菓子と言われても、私はそういったことにうとくて……」

十四歳で子守りに出て以来、ひたすら生きるために働いてきたおしのに、暮らしを彩る教養など身につける余裕はなかったのだ。

ちなみに世に知られる〈宝尽くし〉とは、打ち出の小槌《こづち》、宝珠《ほうじゅ》、丁子《ちょうじ》、分銅《ふんどう》、金嚢《きんのう》、宝《ほう》巻《かん》、隠れ蓑《みの》、などのめでたい絵柄をちりばめた意匠《いしょう》のことであり、晴れの日の着物や帯の模様として用いられる。

お蔵茶屋の菓子合せでは、それ以外にも世間で縁起がよいと認められる文様や事物であれば、何をかたどってもよいことになっているらしい。

「なるべく他店と似たものを作りたくはありません。誰でも思いつきそうな小槌や宝珠などの意匠は避けたいところです」

菓子に使う材料は頭に浮かんでいる。それをどのような宝物に仕立てるべきかが見えてこないのだと、おしのがまたしても深いため息をついた。

自分だけの宝を見つけようとして、みんな苦労している。今日の夕方、えびす堂を手伝ったときも、ツルがしきりに悩んでいた。

『うちはしがない煎餅屋だし、菓子の素材にも煎餅を使うしかないんだけど』

商売物の味噌煎餅を熱いうちに畳んだり丸めたりしてみるが、どんな宝物に似せるかを決めなければ先へ進めない。なにしろツルが知っている〈宝尽くし〉といえば、母親が嫁に来るとき締めてきた帯の絵柄くらいのものなのだ。

『よその店が思いつかないお宝を見つけて、そいつを煎餅で作ることができれば、俺にも勝機はあると思うんだがなぁ』

今のままでは有名店の手の込んだ菓子に太刀打《たちう》ちできそうにないと、妙なかたちの煎餅を竹笊《たけざる》に投げ入れて、ツルはとても悔しそうだった。

そんな話に耳を傾けていたおしのが、いきなり布団の上に起き上がった。

「そうだわ、おけいさん！」

はいっ、と、飛び起きて、おけいも布団の上にかしこまる。

「急ぎのお仕事がなければ、このままうちに残ってくださいませんか」

店先の手伝いかと思いきや、頼まれたのは別のことだった。

「もっと〈宝尽くし〉について知りたいのです。毎日の仕事に手をとられて、このままでは締め切りに間に合いそうにないので――」

自分の代わりに調べてもらえないかと言うのである。

もちろん本を買ったり借りたりする費用は負担するし、どこかの博識を訪ねるつもりなら、志乃屋の菓子を手土産に用意する。それに、もし耳寄りな話を聞くことができたら、えびす堂の若旦那に同じことを教えてやってもいい。

「ツルさんに教えてしまっていいのですか」

おけいは驚いた。えびす堂もほうじ茶用の菓子を作るつもりでいる。菓子合せの本番で志乃屋と競い合うことになるかもしれないのに。

「かまいません。今までお煎餅だけを焼いていた人が菓子を作ると聞いて、俄然《がぜん》私もやる気が湧《わ》いてきました。ぜひとも本番で手合わせをしたいと思います」

そこまで言われて断ることなどできない。明日から〈宝尽くし〉のことを調べると約束したおけいに、おしのが頼みごとをつけ加えた。

「ひとつ気になっていることがあるのです。ついでと言ってはなんですが、日本橋へ行ってもらえませんか」

◉

夜中に降った雨が、神田明神の大銀杏に残る葉をすべて散らしてしまった。

早朝から出直し神社に戻っていたおけいは、道に敷かれた黄色い葉を踏みしめながら、慌ただしく外神田へ引き返してきた。

(婆《ばば》さまのお許しがいただけてよかった)

志乃屋にとどまって菓子合せのお題について調べたいという願いを、うしろ戸の婆は笑って聞き入れてくれた。

『まだ宝さがしは終わっていないからね。最後まで見届けておいで』

そんな言葉まで授かって、本屋へと道を急いでいたのである。ところが――。

「やれやれ、巫女さんまで菓子合せに申し込むのかい」

店が開くと同時に飛び込んできたおけいに、店主が呆《あき》れた声を上げた。すでに何人もの菓子屋が〈宝尽くし〉に関する本を買いあさり、もう『宝』の文字が書かれた本は一冊も残っていない。市中の本屋はどこも同じだという。

そこであきらめるわけにもゆかず、片っ端から書物問屋を当たってみることにした。お城の外堀をめぐるように店を訪ね歩き、目黒《めぐろ》や芝浦《しばうら》、深川から北本所まで足を棒にして歩きまわったが、やはり目当ての本を手に入れることは叶《かな》わなかった。

日が西へ大きく傾いたころ、重い足を引きずって歩く道の途中で、見覚えのある古家が目に入った。

(茜屋さんの別宅だ。茂兵衛《もへえ》の旦那さまはお元気かしら)

おけいは夏からふた月にわたって、茜屋の茂兵衛が別宅として使っている古家に泊まり込んでいた。思いがけなく妖しい刀の事件に巻き込まれてしまったのだが、お蔭《かげ》で茂兵衛とは昵懇《じっこん》とも呼べる間柄である。

せっかくなので顔を見て帰るつもりで表戸を開けると、上がり口に腰かけていた定町廻《じょうまちまわ》り同心が、こちらを見て笑いかけた。

「やあ、おけいさんか」

「依田さまもきていらしたのですね」

内神田の東側を持ち場にしている丑之助は、茜屋の別宅にもよく顔を出す。今も見まわり中かと思えば、なぜか両手に女物の巾着《きんちゃく》を持っている。

「いやどうも、妙なところを見られたな」

困った顔をする同心のもとへ、奥から茂兵衛がやってきた。

「依田さま、今、湯を沸かして――おや、おけいさんもきていたのかい」

「はい。前を通りかかったので、ご挨拶だけでもと思いまして」

よいところへきてくれたと、茂兵衛は心安げにおけいを招き入れた。

「ちょうどお茶を淹《い》れようと思っていたのだよ。頼めるかい」

一緒に飲もうと誘われ、勝手のわかった台所で煎茶を用意する。三人分を盆にのせて運ぶと、まだ丑之助が腕組みをしながら巾着を見比べていた。

「難しいお顔で、何を悩んでらっしゃるのですか」

御用の筋ではないと察して訊ねても、本人は照れたように太い眉を掻くばかりである。

代わりに茂兵衛が茶をすすりながら教えてくれた。

「じつはね、お世話になっている依田さまのために紙入れをお作りしたくて、どんな色柄がよいかお聞きしたのだよ。そうしたところが――」

紙入れよりも巾着がいい。武骨な丑之助が顔を赤くしてそう答えたのだという。

「まあ、巾着ですか」

袋物《ふくろもの》問屋として名高い茜屋が自前で縫っている巾着は、江戸の女たちがひとつは欲しいと憧れる品である。そんな巾着を作ってくれと頼むからには、つまり——。

「いやはや困った。おけいさんまでそんな目で見ないでくれ」

首まで赤くした丑之助は、淹れたばかりの煎茶をひと息に飲み干して言った。

「そうだ、野暮天の俺がにらんでいても埒《らち》が明かない。このふたつの巾着のどちらがいいか、おけいさんが選んでくれないか」

「えっ、わたしの見立てでよろしいのですか」

手渡されたのは、どちらも若い娘のために造られた華やかな巾着だった。ひとつは亀甲《きっこう》形に切って接《は》ぎ合わせた友禅《ゆうぜん》を下半分に取り巻いたもの、もう一方は紅い牡丹《ぼたん》と蝶《ちょう》の絵柄を切り抜いて、萌黄《もえぎ》色の生地に縫い付けた艶《あで》やかな品である。

おけいは見ているだけで胸がときめいた。お店のお嬢さんしか持てない上等の巾着を選ぶなど、生まれて初めてのことだ。

「どちらもきれいですけど……わたしならこちらを選びます」

おけいが指さしたのは、亀甲形の友禅を接ぎ合わせた品だった。一方のものより派手さはないが、亀甲のひとつひとつに小花が描かれ、持ち手と土台に落ち着いた深緋《こきひ》色《いろ》の生地を用いているところも好ましい。

それでいいかと目で問う茂兵衛に、丑之助が無言でうなずいた。

「うけたまわりました。さっそく取りかかりましょう」

ここにあるのは見本の品で、今から茂兵衛が自ら縫いにかかるのだという。

巾着選びが一段落したところで、ほっとした顔の丑之助が訊ねる。

「ところでおけいさんは、出直し神社へ戻ったと聞いていたが」

「はい、一度は戻ったのですけど」

また神田明神の近くで、今度は志乃屋の菓子合せを手伝うことになったのだと、先日からの成り行きを語って聞かせる。

菓子合せと聞き、えびす堂のツルと親しい丑之助はもちろん、茂兵衛まで興味を示して身を乗り出した。

「近ごろよく家内のお松《まつ》が、侍女《じじょ》どのと〈くら姫〉の話をしているよ。正月早々に菓子合せで選ばれた品を賞味しに行くと張り切っているが、実際に菓子を作って競う側は、それほど気楽ではないようだな」

丸一日かけて歩きまわり、江戸中の本屋から『宝』と名のつく本が消えたことを確かめただけに終わったと話すおけいを、茂兵衛は気の毒そうに見やった。

「ほかに調べる術《すべ》があればよいのですが……」

宝尽くしについて詳しい者に教えを乞うという手もあったが、この調子では、もう名のある博識のもとへは、菓子屋が大挙して押し寄せていることだろう。

ここで茂兵衛がポンと手を打ち合わせた。

「そうだ。博識なら私たちの身近にもいるじゃないか」

「もしかして、それは……」

茂兵衛が思いついた博識とは、相模屋《さがみや》の逸平《いっぺい》のことだった。

岩本町《いわもとちょう》の相模屋は大きな建具屋である。そこの三男坊の逸平は、まだ十歳ながら手の込んだ組子《くみこ》障子《しょうじ》の意匠を考え、図面を引くことを得意としていた。しかも普段から古今東西の文様について調べている。

じつを言えば、おけいもとうに逸平のことが頭に浮かんでいた。しかしながら、茂兵衛の巾着作りに手を借りたり、知り合いの飴屋で使う紙袋の下絵を描いてもらったりして、すでに二度も助けられている。いかに優秀とはいえ、たびたび子供の手を煩《わずら》わせるのはいかがなものかと、声をかけることをためらっていたのだ。

「そんな気づかいなら無用だよ」

気おくれするおけいを、茂兵衛が軽く笑った。

「あの子は頼まれごとが嫌いじゃない。まして今話題の菓子合せにひと役買えるとあれば、喜んで知恵を貸すだろう」

まるで自分の息子のような口ぶりだ。まだ知り合って三か月も経たない茂兵衛と逸平は、他人とは思えない親密さだった。塾からの帰り道、逸平はかならず別宅をのぞいて、茂兵衛がいれば話をしていくのだという。

「ただし今日は塾の帰りが遅くなると言っていた。差しつかえなければ、私のほうから今の話を伝えておこう」

「すみません。よろしくお願いします」

素直に甘えることにして、おけいは頭を下げた。


湯飲みを片づけて別宅を出ると、家の前で丑之助が待っていた。

「今から志乃屋へ戻るのか」

あともう一軒、日本橋に立ち寄りたいところがあると答えるおけいに、丑之助も並んで同じ方向へ歩きだす。

目立って大柄な定町廻り同心と、極端に背の低い巫女姿の自分が、傍目《はため》にはどんな間柄に映るのだろう――。そんなことを考えてしまうおけいの頭の上から、厳《いか》つい見かけとは裏腹の優しい声が降ってきた。

「永井先生の奥方さまの件で世話をかけたばかりなのに、今度はそのお孫さんの面倒をみてくれたそうだな」

「そんな、わたしは何も……」

今まで慎吾を守ってきたのは狂骨老人で、これからは志乃屋の女店主がその役割を担うことになるだろう。自分は仲立ちの役を果たしただけだ。

だが丑之助は思うところを口にした。

「かくいう俺も、おけいさんのお蔭でこれを佩刀《はいとう》することができた」

そう言って軽く叩《たた》いてみせるのは、左腰の刀だった。永井家に家宝として伝わっていた同田貫《どうたぬき》の業物《わざもの》である。直系の孫にあたる慎吾が受け取りを固辞したため、師範の遺言に沿って、筆頭弟子の依田丑之助があらためて譲り受けることになったのだ。

「本来なら若先生が受け継いだはずのものだ。もし行方知れずのままでも、永井家の親戚《しんせき》にお渡しするのが筋だと言い続けていたが……」

前にも丑之助はそんな話をしていた。おけいも聞いた覚えがある。

「本音を言えば、俺はいったん手にした刀を手放すのが惜しかった。権兵衛が言い当てたとおり、喉から手が出るほど欲しくて仕方がなかったのさ。だから──」

「待ってください。そんなお話でしたら」

おけいが聞くまいとしても、丑之助は淡々としゃべり続けた。

「奥方さまは、ずっと若先生に会いたがっていた。俺が親父《おやじ》の跡目を継いで定町廻りになってからは、早く行方を探してくれと何度も頼まれた」

丑之助なら手下《てか》を使って探すこともできるだろうと、長屋でひとり暮らしを続ける房枝は顔を見るたび叱咤《しった》し、ときに懇願した。しかし、月日が経って房枝が病の床についても、依然として息子の佑一郎は見つからなかった。

「見つからなくて当然だ。いま探しています、きっとお連れしますと言いながら、そのじ
つ俺は真剣に探そうとはしなかった」
　自分の足で消息を訪ね歩きはしたが、腕利きの岡っ引きにそれを命じたことはなかった。
御用の筋ではないからと自分に言い訳しながら、このまま佑一郎が見つからないことを、
心のどこかで願っていた気がするという。
「俺が本腰入れて探していれば、もっと早く見つけられたかもしれない。奥方さまに孫の
顔を見ていただくこともできただろうに」
　自分は名刀を持つに値しない。あれほど腰に差して歩きたいと切望した刀が、今は重く
感じられて仕方がないのだと、左手で柄《つか》をかたく握りしめた。
「依田さま……」
　丑之助が本当に手を抜いたとは思えない。ただ、房枝が望むほどには熱心になれなかっ
たことを、うしろめたく感じているのだろう。
　出すぎた真似《まね》と思いながらも、おけいは言わずにいられなかった。
「同田貫のお刀は、大勢のお弟子さんたちが見守る前で、直々に依田さまへお授けになら
れたものと伺いました」
　それは揺るぎのない事実であった。道場に通った弟子の中で、依田丑之助こそ己の剣の
真髄を受け継ぐ者と見込んで、永井兵四郎は大事な宝を託したのだ。

「依田さまは、名刀に相応《ふさわ》しいお方です」

いつしか二人は日本橋を南へ渡っていた。ここで道を分かち、丑之助は数寄屋橋《すきやばし》御門の内側にある南町奉行所へと引き上げる。

「いやなことを聞かせて悪かったな。でも不思議だよ。ほかの誰にも話せなかったのに、おけいさんにだけはすんなり打ち明けられた」

お蔭でさっきよりも刀が軽くなった気がすると、若い定町廻り同心はすっきりした顔で歩み去った。

おけいが橋のたもとで立ち止まり、頬を赤く染めていることも知らず。

◉

丑之助と別れておけいが向かったのは、日本橋通南《とおりみなみ》一丁目だった。名のある大店《おおだな》が軒を連ねる大通りを東へ折れた二軒目に、目当ての店はあった。

（あれが吉祥堂さんね。なるほど大した繁盛ぶりだわ）

このあたりで間口五間《けん》（約九メートル）はとりたてて大きな店ではないが、そろそろ日暮れが近いというのに大勢の客が出入りしている。

客は町人だけでなかった。大名家や旗本のご用人と思われる侍も、紅柄《べんがら》色に折り鶴の紋が白く染め抜かれた暖簾をくぐっている。

いささか気おくれしたおけいは、とりあえず店の前まで行き、大きな行灯《あんどん》看板のうしろに身を隠すようにして様子をうかがうことにした。

おしのに聞いた話では、吉祥堂の創業は明暦《めいれき》の大火の翌年というから、すでに百四十年以上も続く老舗《しにせ》だ。もとは鍋町《なべちょう》の裏通りにある小店にすぎなかったものを、今の大店にのし上げたのが、七代目店主の吉右衛門《きちえもん》である。

「ねえねえ、ボウロを買って。カステイラも食べたい」

おけいが隠れている行灯看板のすぐ横で、六歳ほどの女の児が、乳母の袖をひいておねだりしている。

「いけません。カステイラはお正月、ボウロも節句だけの特別なおやつだと、お父さまがおっしゃったでしょう。今日は花林糖《かりんとう》を買って帰りましょうね」

「やだやだ、つまんなぁい」

女の児は駄々をこねながらも、乳母に手を引かれて店の中へ入っていった。

カステイラやボウロなどの南蛮菓子は、吉祥堂の屋台骨を支える人気商品だ。若き日の吉右衛門が長崎から連れ帰った職人に作らせたもので、これが評判を呼んで、またたく間に日本橋に店を構える有名店となったのである。

北の方角から、暮れ六つを告げる時の鐘が響いてきた。

このままでは店が閉まってしまう。おけいは勇気を出して暖簾をくぐった。

「ごめんください」

店の中では何人もの奉公人が働いていたが、巫女の格好をした娘のもとへかけつける者はいない。上がり口に腰かけて注文する用人らしき侍や、見本を並べた棚の前で手土産を選ぶ客の対応に追われているのだ。

それを幸いに、おけいはゆっくりと棚の菓子を眺めて歩いた。

木目の美しい杉の木箱にはカステイラが収まっている。塗り物の小箱に行儀よく並んでいるのはボウロだ。砂糖菓子の金平糖《こんぺいとう》や有平糖《あるへいとう》は、それぞれが煌《きら》びやかなギヤマンと有田《ありた》焼の壺《つぼ》に入れて売られている。

『吉祥堂さんはお商売が上手です。上等の菓子をギヤマンや塗り物などの高価な器に入れることで、より値打ちを上げるのです』

昨日おしのが言っていたとおり、どれも目玉が飛び出しそうなほどの高値がついているにもかかわらず、吉祥堂の品物は贈答用として人気があった。

棚に並んでいるのは南蛮菓子ばかりではない。茶席を飾る主菓子や干菓子《ひがし》などの品揃《しなぞろ》えも豊富で、慎吾の母親が愛した薯蕷饅頭はすでに売り切れてしまったようだ。

そのなかで、最もよく客の目につく棚の真ん中に置かれているのが、日本橋・吉祥堂の名を世に知らしめた看板商品だった。

（これが、おしのさんのお父さまが考えた阿蘭陀《オランダ》巻きか）

前々から話には聞いていたが、おけいが目にするのは初めてだった。

〈阿蘭陀巻き〉は、薄く焼いたカステイラに餡と羽二重《はぶたえ》餅《もち》を重ねて海苔《のり》巻きのように巻き上げた、いわば南蛮菓子と伝統菓子とを組み合わせた新しい菓子だ。これが飛ぶように売れたことで、吉祥堂は麹町《こうじまち》と富岡《とみおか》八幡宮前にも店を出すことができたのである。

長年の試行錯誤の末に〈阿蘭陀巻き〉を完成させたのが、かつて吉右衛門が長崎から招いた喜久蔵《きくぞう》という名の南蛮菓子職人――つまり、おしのの父親だった。

これで十分な恩返しができたと思った喜久蔵は、吉祥堂から一本立ちして小さいながらも自分の店を持った。ところが、いざ開店というとき、前もって吉右衛門とかわした契約により、〈阿蘭陀巻き〉の名で菓子を売ることができないことがわかった。

たとえ同じ品物であっても、無名の小店が扱う高級菓子など、江戸の町衆は見向きもしない。喜久蔵は次第に追い詰められ、執拗《しつよう》に続く吉祥堂の嫌がらせにも心を蝕《むしば》まれ、女房と娘のおしのを残して縊死《いし》したのだった。

いきなり世間に放り出されて苦労を重ねたおしのは、一日たりとも父親の無念を忘れたことはなかった。その手で死に追いやったのも同然の吉右衛門を、深く恨んでいたはずだったのだが……。

「巫女さま、あいすみません。本日の〈阿蘭陀巻き〉は売り切れでして」

見本の品を見上げて考え込んでいるおけいに、手の空いた手代《てだい》が声をかけてきた。

「あ、いいえ、花林糖をいただきたいのです。一袋だけ」

懐具合の寂しい者には手が出しにくい吉祥堂の菓子のなかで、ただひとつ求めやすいと評判なのが花林糖だった。可愛い縮緬《ちりめん》の袋に入ったものが六十文。しかも中身を食べたあとは巾着として使えるので、女子供に人気の品となっている。

「ありがとう存じます。では、こちらでしばらくお待ちください」

手代に勧められて上がり口に腰かける。隣では先に入店していた女の児が花林糖を抱えてご満悦だ。ほんの数日前に一新されたばかりだという巾着がお気に召したらしい。

「お待たせいたしました。こちらの品で間違いございませんね」

おけいのもとにも花林糖が届いた。南天《なんてん》の葉と赤い実が描かれた正月柄の巾着を手にすると、子供でなくとも心が浮き立つ。

六十文を支払ったおけいは、店の外まで送ろうとする手代に訊ねた。

「そういえば、近ごろご店主をお見かけいたしません。お変わりございませんか」

さりげなく口にするつもりが、実際は台詞《せりふ》の棒読みになってしまった。その答えを知りたいがゆえに、おしのから六十文を預かって買いものにきたのだ。

「――店主、でございますか」

一瞬だけ戸惑うそぶりを見せた手代が、すぐに澄ました顔で座敷の奥を示した。

「手前どもの店主でしたら、それ、あすこにおりますよ」

「えっ、でも……」

吉祥堂の吉右衛門を、おけいは間近に見たことがある。雛《ひな》祭りの夜に〈くら姫〉で催された宴《うたげ》の席に、出入りの菓子屋の一人として招かれていたからだ。

宴にやってきた吉右衛門は、痩せて首の長い七十年配の老人だった。ところが、帳場の机にもたれて退屈そうにしているのは、どう見ても三十代半ばの女である。

戸惑いを隠せないおけいに、手代が重ねて言った。

「つい先日、代替わりしたばかりの八代目店主にございます」

◉

十一月の朔日《さくじつ》は、朝から冷たい空風《からかぜ》が吹いていた。

ほうじ茶用の菓子を〈くら姫〉へ届けに行ったおしのは、自分の店に帰って来るなり、さつま芋の皮剝《かわむ》きを手伝っているおけいを呼び寄せた。

「ほんのいっときでしたけど、お妙さまに会ってお話をうかがえました」

菓子合せを控えたお妙は、なるべく菓子屋と会わないよう気をつけていた。一部の店だけに有利な情報を流しているのではないかと、疑いを持たれないようにするためだ。

今日は月替わり菓子を卸す初日ということで、特別に挨拶が許されたのだった。

「おけいさんが見て来られたとおりでした。吉祥堂の吉右衛門さんは隠居なさって、代わりに娘さんがお店を継がれたそうです」

十日ほど前、八代目を名乗る女が小番頭に付き添われて〈くら姫〉を訪れ、お妙に代替わりの挨拶をして帰ったという。

おけいが見た中年女は、正真正銘の店主だったというわけだ。

そもそも吉祥堂に行ってほしいとおしのが頼んだのは、老齢の吉右衛門が流行り風邪で死にかけたとの噂を耳にしたからだった。訃報こそ聞かなかったものの、その後の吉右衛門を見かけた者が誰もいないことが気になったらしい。

「お妙さまがお聞きになった話では、吉右衛門さんは床上げしても以前ほどの活気が戻らず、娘さんに店を譲るとお決めになったそうです」

三十半ばにして独り身だった娘は、小番頭の市蔵《いちぞう》を婿に迎えて店主の座についた。

店主の代替わりに合わせて、麴町の店は大番頭に、富岡八幡宮門前町の店は中番頭に、それぞれ暖簾分けとして譲られた。楽隠居の身となった吉右衛門は、箱根《はこね》の湯治場《とうじば》でのんびり養生《ようじょう》しているという。

「そうだったのですか。ずいぶん慌ただしい代替わりだったのですね」

納得しようとするおけいの前で、おしのはまだ腑《ふ》に落ちない顔をしていた。

「でも、私の知るかぎり、吉右衛門さんに家族と呼べる人はいないはずです。少なくとも、うちのお父つぁんが私たちを連れて吉祥堂を離れた二十五年前には、奥さまもお子さまもいらっしゃらなかったのですが……」

きっと、おしのたちが吉祥堂と縁を切った後、吉右衛門が若い奥方を迎えたのだろうと言いかけて、おけいは無理があることに気がついた。跡目を継いだ娘は三十代半ば。それでは計算が合わない。

「なぜでしょう。胸騒ぎがします」

今日も菓子作りに追われるおしのは、台所で湯気を上げる鍋を気にしながら、前掛けの裾を握りしめていた。

その日の夕刻、丸顔につぶらな目をした男の児が志乃屋を訪れた。かねて頼んでおいた〈宝尽くし〉についての調べものが終わったのだ。

「あなたが逸平さんですね。このたびはご無理を申しました」

「あ、いえ、どうも……」

初対面のおしのを前に、人見知りの逸平はうつむいてもじもじしている。

「お入りください。おけいさんにお茶を淹れていただきますから」

畳に上がって番茶に添えられた餡玉をひとつ口にすると、先刻より落ち着いた口調で切り出した。

「遅くなってすみません。調べてみると面白くて、つい細かいところまで文献を探っていたのです。どうぞご覧ください」

「お手数をおかけしました。拝見いたします」

受け取った帳面を見るなり、おしのは目を見開いて驚愕《きょうがく》の表情を浮かべた。それから紙を一枚めくるごとに息を吞んでいたが、ひととおり目を通したあと、傍らでうずうずしている娘に気づいた。

「ご覧になりますか」

「はい!」

おけいが勢い込んで開いた帳面には、〈宝尽くし〉に関するあれこれが、几帳面《きちょうめん》な字でぎっしり書き込まれてあった。しかも漢字の横には読み仮名を入れる気のつかいようである。それだけではなく、図面や文様を描き写すのが得意な逸平は、菓子作りの参考になりそうな宝の絵まで描いていた。

「ご覧いただいたとおりですが、念のためにご説明させていただきますね」

おしのの手に帳面が戻ったのを見て、逸平が細かい注釈を加える。

「いわゆる〈宝尽くし〉とは、縁起がよい宝物を散らした文様のことで、お隣の清国《しんこく》から伝わった〈八宝《はっぽう》〉や〈雑八宝《ざつはっぽう》〉と呼ばれる吉祥柄《きっしょうがら》が手本となっています」

逸平の調べによると、清国では昔から八という数が吉数《きっすう》とされてきた。だから八つの宝をそろえて八宝なのだが、日本では数にこだわらず、五つでも、七つでも、めでたいしるしを並べた意匠を〈宝尽くし〉と呼び、その内容は多彩であった。

打ち出の小槌、隠れ蓑、隠れ笠《がさ》、丁子、七宝輪違《しっぽうわちが》い、分銅、金嚢・巾着、宝巻・巻軸《まきじく》、宝鑰《ほうやく》、方勝《ほうしょう》、宝珠、筒守《つつまもり》――。これらがすべて〈宝尽くし〉に用いられる宝である。

「おけいさんも、打ち出の小槌はご存じでしょう」

「絵双紙《えぞうし》に出てくるあれですね」

一寸法師の背丈を高くしてくれた打ち出の小槌は、おけいが今でも心ひそかに憧れている夢の道具だ。

「七福神の大黒《だいこく》さまが手にしているのも打ち出の小槌だといわれています。隠れ蓑も絵双紙に出てきますね。隠れ笠も同じたぐいのもので、身に着けることで姿を消すことができる便利な宝物です」

逸平はその他の耳慣れない宝についても、大まかに説いていった。

たとえば、丁子は南の島嶼部《とうしょぶ》だけに咲く花のつぼみで、生薬《しょうやく》や香料として用いられる。分銅は秤《はかり》を使うときの錘《おもり》だが、金や銀の重さを量ることから縁起がよいとされた。宝鑰とは蔵を開ける鍵のことで、方勝は菱形《ひしがた》の首飾り、筒守は経文や秘伝などが書かれた巻物を入れておくための筒、などなど。

「今回の菓子合せでは、世間で縁起がよいとされるものなら、すべて〈宝尽くし〉として認めるとうかがいました。だったら清国の〈八宝〉や〈雑八宝〉を菓子の題材にしてみるのも面白いかと思います」

八吉祥とも言われる〈八宝〉には、輪宝《りんぼう》、法螺貝《ほらがい》、宝瓶《ほうへい》、金魚、宝傘《ほうさん》、白蓋《はくがい》、蓮華《れんげ》、盤長《ちょう》があり、〈雑八宝〉には、珊瑚《さんご》、丁子、方勝、七宝、角杯《かくはい》、火焔《かえん》宝珠、厭勝銭《えんしょうせん》、銀錠《ぎんじょう》などが挙げられる。

「日本の〈宝尽くし〉と重なるものがありますね。法螺貝や金魚は実際にお菓子になったものを見たことがありますし、珊瑚はきれいな砂糖菓子になるでしょう。厭勝銭がどんなものかは知りませんが、金子《きんす》や銭をかたどった菓子も楽しそうです」

早くもおしのは頭の中に、めでたい菓子をあれこれと思い描いているようだ。

「それから帳面の最後に、わたしが思いついた縁起物を書いておきました」

逸平の言葉に、おしのが膝の上で帳面を繰り、おけいも横からのぞき込む。

そこには身近なものから見たことも聞いたこともないものまで、じつにさまざまな縁起のよいものが書き並べられていた。

松竹梅、稲穂、米俵、扇、橙《だいだい》、宝相華《ほうそうげ》、柘榴《ざくろ》、南天、牡丹、菊、蝶、富士山、鯛《たい》、仙桃《せんとう》、子安貝《こやすがい》、青海波《せいがいは》、龍《りゅう》、鳳凰《ほうおう》、麒麟《きりん》、鶴、亀、鹿、獅子《しし》、蝙蝠《こうもり》――。

「えっ、蝙蝠って、夏の夕暮れに空を飛ぶあれですか」

おけいはびっくりした。どこから見ても不吉な兆しとしか受け取れない生き物が、なぜ縁起物に含まれるのだろう。

「わたしも不思議に思って調べてみたのですが、蝙蝠の『蝠』の字が『福』に似ていて、清国の言葉で発音すると同じに聞こえるからだそうです」

ただし、蝙蝠に似せたお菓子が美味しそうに見えるかは請け合えないと笑ったあとで、逸平が最後にもうひとつ付け足したいからと、帳面を手もとに取り戻した。

「うっかり書きそびれていましたが、空に浮かぶ雲も吉祥模様に含まれます。瑞雲《ずいうん》とか、霊芝雲《れいしぐも》とか呼ばれるものです」

しゃべりながら矢立《やたて》の筆を取り出し、さらさらと帳面に走らせる。描かれたのは仏画の背景にあるような、ゆるい渦を巻いて片側になびく雲の文様だった。

「これが、瑞雲……」

逸平が帰ったあとも、おしのは帳面を開いて考えにふけっていた。

◉

「本当に大丈夫かい。こんな貴重なものを俺に見せて、あとで叱《しか》られないか」

おけいに渡された帳面を手にして、ツルが幾度となく念を押す。

「ご心配なく。おしのさん直々に、早く届けるよう言いつかりました」

〈宝尽くし〉について知り得たことを、えびす堂と分かち合うと言ってくれたのだ。

「そうか。では、お言葉に甘えるとして、いつまでに帳面を返せばいいのかな」

「そのまま持っていてください。下手《へた》な字で読みにくいでしょうけど」

ツルに渡したのは、おけいが昨夜の夜半過ぎまでかけて本書を書き写したものだった。文字も絵柄もつたないが、〈宝尽くし〉について知らないことだらけだったえびす堂の若旦那は、とてもありがたいと言って喜んだ。

まだ店開きには早い時刻だった。うっすらと立ち込める朝霧のなかを行き来するのは、納豆やシジミを売り歩く行商人と、参拝を日課にしている年寄りだけである。

そんな明神下の一角に、甘くて香ばしい味噌煎餅の匂いが濃く漂っていた。早朝と晩方のわずかな時間を使って、ツルが新しい菓子を試しているのだ。

「あら、それは……」

おけいが目にとめたのは、作業台の片隅に寄せられている煎餅だった。店先で売られているふたつ折りの味噌煎餅に、小豆餡らしきものが挟まっている。

「菓子合せの試し品ですね」

おっと、恥ずかしいものを見られちまった、と、慌てて屑籠《くずかご》に捨てようとするツルに、ちょっとだけ味をみていいかと、好奇心いっぱいのおけいが頼む。

「だめだよ。こいつは昨日の晩から置きっぱなしにしていたものだし、まだ食べてもらえるほどの出来じゃない」

　残念そうなおけいに、ツルはさっき焼いたばかりだという味噌煎餅を見せてくれた。いつもの半月形に折ったものだけでなく、くるくると筒状に巻いたものや、傘のようなかたちに整えたものもある。

「これに餡を挟むか、のせるか、今あれこれと考えているんだ」

「面白いですね」

　思ってもみない組み合わせだった。だが塩煎餅や醤油煎餅と違い、砂糖や卵が入った味噌煎餅なら、ひょっとして餡との相性はいいかもしれない。

「な、そうだろう。俺もいけるんじゃないかと思うんだよ。ただし、うちで餡まで炊いている暇はないから――」

「まだいたのか、ちっちゃいの。よっぽど神社がヒマらしいな」

　背後から聞こえた声に、おけいは丸い目を三角にして振り返った。こんな失礼な物言いをする男は、笹屋の権兵衛をおいてほかにはいない。

「暇じゃありません。大事な用があってきただけです。権兵衛さんこそ朝っぱらからどうなさったのですか」

「おれはつまらない用を頼まれただけさ。ほらよ」

　引きつれた頰をことさらに歪ませて笑いながら風呂敷《ふろしき》包みを差し入れる。ツルが引きとめようとしても、おまえらと遊んでいる暇はないと言って帰ってしまった。

「相変わらず口の悪い男だよ。気にするな」

親友のひねた言い草に慣れているツルは、膨れっ面のおけいをなだめながら風呂敷をほどいた。出てきたのは炊きたての小豆餡を詰めた重箱だった。

笹屋は湯島聖堂前に店を構える餡屋だ。もとは大福などを売る餅菓子屋だったのだが、自前で炊き上げる餡が美味《うま》いと評判で、よその菓子屋から卸してくれと頼まれるうち、いつしか餡だけを商う店になったのである。

「うちも餡なんて炊いたことはない。売り物の煎餅を焼くだけで精一杯だから、笹屋の餡を使わせてもらいたいと頼んだのだけど」

権兵衛はいい顔をしなかった。試し品ができるまでは餡を差し入れてやってもいいが、その後のことまで面倒をみる気はない、菓子合せなどにかかわるのは真っ平だと、すげない返事を繰り返しているのだという。

「どうしてでしょうね。よほど〈くら姫〉がお嫌いなのでしょうか」

「いや、あれはたぶん……おっと、そうだ」

ツルは喉まで出かかった言葉を呑み込んで、別の話にすり替えた。

「なるべく早く志乃屋さんのご店主にお礼が言いたい。長居はしないから、今日の晩方にでもお邪魔させてもらうよ」

「わかりました。そのようにお伝えしておきます」

踵《きびす》を返して店を出ようとしたおけいは、そのときようやく作業台の前に、薄く伸ばした煎餅生地から型を抜いている娘がいたことに気がついた。

「あ、おはようございます」

「おはようございます、おけいさん」

小さな声で挨拶したのはツルの妹だった。名をカメという。

カメはすこぶるおとなしい娘だ。口数が少なく、闊達《かったつ》なツルの陰に隠れて目立たないが、朝から晩までもくもくと働いて家業を支えている。

「兄のために、お力添えをありがとうございます」

先刻までの話が聞こえていたのか、ていねいに礼を言って頭を下げる。

「と、とんでもない。わたしはただの使い走りですから」

千切れそうなほど激しく顔を振るおけいの仕草に、カメが目を細めて微笑んだ。

（うわっ、カメさんって、こうしてみると本当に美人だわ）
十五、六歳のころには明神下小町と呼ばれ、今も客を装って付け文《ぶみ》を手渡そうとする男が絶えないとは聞いていたが、あまりに影が薄いせいか、今までおけいの目には、さしたる美女と映っていなかったのだ。
（こんなにおきれいで働き者なのに、どうしてお嫁に行かないのかしら）

おそらくカメは二十歳《はたち》を過ぎていると思われた。へたをすれば中年増に近い歳かもしれない。縁談などこれまで掃いて捨てるほどあっただろうに、なぜ嫁ぎもせず、実家で煎餅を焼いているのだろうか……。

おけいは首をかしげながら、ゆるい坂道を糸瓜長屋へと下っていった。


その晩、明日の仕込みに取りかかろうとしていたおしのを、えびす堂のツルが訪ねた。さっそく帳面の礼を言いにきたのである。

「本当にありがとうございます。よもや〈宝尽くし〉について教えていただけるなんて、思ってもみませんでした」

「まあまあ、お顔を上げてくださいまし」

畳に手をついて感謝を述べるツルに、おしのが鷹揚《おうよう》な態度を見せる。

「わたしも〈宝尽くし〉のことがよくわからなくて、おけいさんのお知り合いに調べていただきました。そのおけいさんが気にかけていらっしゃるえびす堂さんですから、お伝えするのは当然のことだと思ったのです。――で、どうでしたか」

菓子作りの参考になりそうかと、おしのが訊ねた。

「はい。いただいた帳面の中に、面白そうなものを見つけました」

それは、清国の雑八宝に含まれる〈角杯〉だった。

〈角杯〉とは牛の角《つの》を用いた酒杯のことである。清国や朝鮮半島では、牛の角そっくりに焼かれた陶器もしくは磁器のことも〈角杯〉と呼んでいる。同じものが日本にも伝わった形跡はあるが、世間に広まるところまではいかなかったようだ。

「うちの味噌煎餅の生地で作ってみるつもりです。店で売っているものより薄く焼き上げて、牛の角のかたちに整えてから餡を詰めたらどうかと思って」

「なるほど、よいものに目をつけられましたね」

手の内を明かしたツルに、おしのも自分の考えを話す。

「私は、〈瑞雲〉を作ってみようと思います」

逸平が帳面の最後に描き加えた雲の意匠に、おしのは強く惹《ひ》きつけられた。すでに考えてあった素材を使って、空になびく吉祥の雲をかたちにしたいという。

「今日は十一月二日。菓子合せの締め切りまで、今日を入れてもあと七日ですから、お互いのんびり構えてはいられませんね」

申し込みの際には、宝になぞらえた菓子がどのようなもので、己の意図がどこにあるのかをきちんと説明できなくてはいけない。菓子の見た目についても、できるかぎり明確に描き入れることが好ましい。

「えびす堂さんは、ほうじ茶用の菓子に申し込まれるのでしょう。うちも同じです」

まずは二回の予選を勝ち抜き、師走の本選の場で勝負しようとおしのに挑まれ、ツルは力強く応じた。

「受けて立ちますよ。きっと本選の日に〈くら姫〉でお目にかかります」

まず申し込みをすませた菓子屋の中から三十軒が選ばれ、さらにその中から本選に勝ち上がる九軒の菓子屋が決まる。人々の興味も徐々に高まり、師走の本選が近づくころには、江戸中が菓子合せの話で持ち切りになっているに違いない。

横で聞いているおけいまで、気分が高揚してくるのだった。

「ところで、菓子合せで使う餡のことですけど、笹屋の権兵衛さんは本当に力を貸してくれないつもりでしょうか」

ツルを木戸口まで見送って、おけいは心に引っかかっていることを訊ねた。

「仕方ないさ。本人がそう言うんだから」

暗い星空を見上げて、ツルが大きなため息をついた。

味噌煎餅の〈角杯〉に詰める餡は、どこよりも信頼のおける笹屋に任せたいのが本音だ。

しかし権兵衛を菓子合せの大舞台に引っ張りだすのは骨だという。

「あいつは昔からそうだった。俺たちが剣道場の同門で、そこそこの腕前だったことは前に話したよな。試合があれば代表五人の中に選ばれていたって」

おけいはうなずいた。たしかツルが先鋒《せんぽう》で、権兵衛が次鋒《じほう》、大将は丑之助だったと聞いたはずだが、剣術の試合と菓子合せに何のかかわりがあるのだろう。

「選ばれたといっても、うちの道場は町人が多かったから、よそと比べたら力量は劣っていた。俺は威勢がいい割によく負けたし、中堅と副将も強くはなかった。負けなかったのは丑之助と権兵衛だけだ」

丑之助はともかく、権兵衛がそんなに強いとは思わなかったと感心するおけいに、ツルが肩をすくめてみせた。

「強かったんじゃない。負けなかっただけだ」

試合はいつも同じ流派の道場が相手だった。したがって自分の対戦相手も大方の予想がつく。格上の相手と当たりそうなときにかぎって権兵衛は試合に来なかった。当日の朝になると風邪をひくか腹を下すかして、急ぎ代わりの者を立てることになる。

同格の相手と対戦するときも、権兵衛は面を打ち合うことを好まなかった。いつも竹刀《しない》の先を斜めに構え、相手の攻撃をかわして小手を狙う。けっして自分から仕掛けようとはせず、勝たないまでも引き分けに持ち込むのである。

「もちろん師範には叱られた。勝つ気がないならもう試合に出さないとまで言われたが、あいつは闘い方を変えようとしなかった」

そのうち永井師範が倒れて道場は人手に渡り、ツルと権兵衛は剣術から遠退《とおの》くことになったのだった。

「まともに闘って勝てる試合もあったはずだ。若先生みたいに打ち合いそのものが怖いわけでもないくせに……」

ツルは苦々しげに吐き捨てて、えびす堂へと戻っていった。

●

宝尽くしに関する調べが一段落しても、まだおけいは志乃屋に残っている。

住み込んでわかったことだが、志乃屋はまるで働き手が足りていなかった。長屋のおかみさんたちは店先で客に菓子を売るのが仕事で、菓子作りにたずさわるのは、徹頭徹尾《てっとうてつび》おしの一人だけなのだ。

見習い小僧となった慎吾も、まだ水汲みと掃除と洗いもの以外は、米の研ぎ方くらいしか覚えていない。おしのに教える暇がないのである。

見かねたおけいは、せめて菓子合せの申し込みが終わるまで、志乃屋を手伝うことにしたのだった。

「本当にすみません、朝から働きづめにしてしまって」

五日の晩方、おしのが心からすまなそうに言った。

今日もおけいは早朝からの水汲みと洗濯だけでなく、竈《かまど》にくべる薪《まき》が安く買える店まで二度も使いに出かけて、重い薪の束を背負って帰った。それらの合間に鍋や竹笊《たけざる》など大量の洗いものを引き受け、おしのが少しでも慎吾に仕事を教える時間を作ろうと、躍起《やっき》になって働いたのだった。

遅い夕餉《ゆうげ》を終えた見習い小僧は、いま隣の長屋でぐっすり眠っている。

「お蔭さまで、今日はようやく慎吾に餡玉の丸め方を教えることができました」

「よかったです。でもどうして、長屋のおかみさんたちにも菓子作りを手伝ってもらわないのですか」

おけいは前から思っていた。米研ぎや餡を丸めるくらいは誰でもできそうだし、売り子の仕事を任せているおかみさんの中には、細かい手仕事が得意な者もいるはずだ。

しかしおしのは、それだけはできないのだと言った。

「うちは菓子屋です。素人《しろうと》のおかみさんが丸めた餡玉を売って、お代をいただくわけにはいきませんから」

小店とはいえ、菓子屋の看板を掲げて商いをするからには、職人が丹精込めて拵《こしら》えたものだけをお売りするのが筋だ。さっき慎吾が丸めた餡玉も、試し品としてご近所に分けてしまうという。

おけいは己の浅はかな考えに頬を赤くした。

「すみません。よけいな口出しをして」

「いいえ、そもそも私の段取りが悪いのです。もっと早いうちに奉公人を雇って、仕込んでおくべきだったのでしょうけど、つい気おくれしてしまって……」

おしのが薄い唇を嚙んだ。

小娘のころ子守り奉公に出されて以来、おしのは長らく奉公人として人に仕えてきた。木戸番の女房となっても自力で仕事をこなすのが当たり前で、四十を目前にして菓子屋をはじめると決めたときには、自ら汗水たらして働く覚悟はあっても、他人を雇って働かせることまでは考えなかった。

「私は人を使うことに慣れていません。誰かに用を言いつけるより、自分が立って動いたほうが早いし、面倒がないと思ってしまいます」

売り子として使っている長屋のおかみさんたちは、おしのが頼んだのではなく、向こうから働かせてくれと言ってきた。見習い小僧となった慎吾のことも、初めは『慎吾さん』と呼んでいたものを、『さん』付けはやめてもらいたいと本人から申し出があって、ようやく呼び捨てにすることができたのである。

もっとうまく人を使わなくてはいけないと頭でわかっていても、店主としての振る舞いは一朝一夕で身につくものではなかった。

「同じ女店主なのに、これではお妙さまの足もとにも及びませんね」

有名料亭の一人娘として生まれ、奉公人たちにかしずかれて育ったお妙なら、人に用を言いつけるにも自分のようにためらったりはしないだろうという。

「これからですよ。まだ志乃屋をはじめて一年も経っていないではありませんか」

おけいは情けなさそうなおしのの背を押して、文机《ふづくえ》の前に座らせた。

とにかく今は菓子合せの申し込みを書いてもらいたかった。締め切りは八日の正午だが、生まれてこのかた絵など描いたことがないというおしのに代わり、相模屋の逸平が最後に〈瑞雲〉の絵を描き入れる手はずなのだ。

おしのが用紙に筆を走らせるのを見届けてから、おけいは外へ出た。

空には上弦の月がある。提灯《ちょうちん》がなくても夜の町を歩いて行けそうだった。


「こんばんは。遅くまでご苦労さまです」

「やあ、おけいさんかい。いつも世話をかけるねえ」

五つどき（午後八時ごろ）を過ぎた明神下のえびす堂で、ツルの父親が店番をしていた。最後の煎餅を焼き上げたあとも、袋詰めにしたものを店先で売っているのだ。

「ツルなら台所にいるから行ってごらん」

「わかりました」

路地へまわって勝手口の戸を少しだけ引くと、隙間《すきま》からツルの横顔が見えた。筆を手にしたまま、板の間に広げた紙をにらんで険《けわ》しい表情を浮かべている。

今から申し込みを書くつもりらしいが、筆をいったん硯《すずり》の上に戻し、墨をたっぷり含ませてから書き出そうとして、また硯へ戻してしまう。同じ動きをむなしく繰り返すだけで、まだ一文字も書けていない。

進捗《しんちょく》の具合を見にきたおけいは、声をかけるのをやめて、そっと戸を閉めた。

（ツルさん、まだ決めかねている……）

何を迷っているのかは察しがついた。ほかでもない、権兵衛のことである。

ツルはかねてから菓子合せに笹屋の餡を使いたいと言い続けている。一昨日もおけいが見ている前で権兵衛に再考を持ちかけた。

『俺が考えている〈角杯〉は、味噌煎餅と餡のどちらともが主役の菓子だ。ならいっそのこと、えびす堂と笹屋が名を連ねて申し込むという手もある。なあ、権さん。俺たちで力を合わせて、世間をあっと言わせてやろう』

おけいなどは聞いただけで胸が躍るような話だったが、肝心の権兵衛が、例のごとく片頬を歪ませてせせら笑った。

『馬鹿だな。雑魚《ざこ》のイワシを何匹盛ったところで、鯛一尾に敵《かな》うものか』

無駄なことに笹屋を巻き込まないでくれと、すげない返事である。

こんなひね者を誘うより、ほかの餡屋を当たればいい。当の権兵衛がそう言ったのだが、ツルはまだあきらめきれずにいる。

『あれは本心じゃない。何かにつけて斜《しゃ》にかまえて見せるけど、家業にだけは真っすぐ精進してきた男だ。自慢の餡を褒《ほ》めてもらいたいはずなんだよ』

長い付き合いだからわかるとツルは言うが、このままだと埒が明かない。

明神下を後にしたおけいは、相生町を素通りして、湯島の昌平坂へと足を向けた。

昌平坂の湯島聖堂には、孔子《こうし》をはじめとする聖賢が祀《まつ》られている。もとは儒学者の林羅山《はやしらざん》に幕府が与えた土地であったことから、聖堂は林家の私塾となり、その後、幕臣のための学問所として昌平黌《しょうへいこう》（昌平坂学問所）が開かれた。

湯島聖堂の向かい側には町人地が続く。その一角に、権兵衛の笹屋があった。

おけいが初めて訪れた笹屋は、えびす堂と似たり寄ったりの小店だった。すでに店じまいの時刻を過ぎていたが、路地側の板戸は開け放されたままで、暗い土間の奥に竈の炎がゆらめいている。竈の前には権兵衛らしき人影も見えた。

（まだお仕事中だったのね。邪魔するなって怒られるかしら……）

外には冷たい風が吹いている。声をかけようか迷っているうち、おけいは竈の火の暖かさに吸い寄せられて、少しずつ店の中へと入り込んでいった。

こちらに背を向けた権兵衛は、柄《え》の長い木ベラを使って鍋をかき混ぜていた。遠巻きにまわり込んで見ると、紅い炎に照らされた引きつれのある横顔が、幼いころお寺で拝んだ不動明王の絵姿そっくりに思われる。

「何の用だ、ちっちゃいの」いつこちらに気づいたのか、鍋から目をそらさないまま権兵衛が言った。

「気配でわかる。おまえは娘っ子らしくない、澄んだ気配だから」

二歳になった自分の姪《めい》と同じだと言われ、おけいは喜んでいいのか、悲しむべきなのかわからないまま、竈のほうへと歩み寄ろうとした。

「だめだ、下がれ！」

いきなり権兵衛が怒鳴った。

「熱い餡が飛ぶぞ。おまえもこんな顔になりたいのか」

己で指さす右頰の引きつれは、子供のころに鍋をのぞき込んで、煮えたぎる餡が跳ねた痕だと聞いている。

「いつ熱い餡が跳ねるか、おれにだってわからないんだ」

だから笹屋では、餡炊きの竈に女を近寄らせることはしないという。

「用があるならそっちで座って待て。いま最後の仕上げだから手が離せない。火を止めたあとで聞いてやる」

「はい、わかりました……」

おけいは素直に引き下がり、上がり口に腰かけて待った。

それから権兵衛は、明日の朝一番に得意先へ届ける餡を炊き上げ、火の始末まで入念にすませたあとで、おけいに向き直った。

「――で、何の用だ。ツルのやつに頼まれて説き伏せにきたか」

誰に頼まれたわけでもない。でも、菓子合せの話をしにきたのは本当だった。

ツルと連名で申し込むか、せめて〈角杯〉に使う餡だけでも融通してほしいと頼むつもりでいたのだが、いかにも頑固そうな権兵衛を目の当たりにして、自分ごときが何を言っても心変わりはないと悟った。かくなる上は……。

「ねえ、権兵衛さん」

おけいは別の手段に打って出ることにした。

「わたしがお世話になっている下谷の神社へ、今から一緒に行ってもらえませんか」

「はあっ？　おれが、おまえの神社へ？」

意外な申し出に権兵衛がたじろぐ。

「ツルさんが菓子合せの本選に残れるよう、願かけをしたいのです。でもせっかくなら、権兵衛さんにも一緒に拝んでいただきたくて」

知り合って日の浅い自分より、昔からの知り合いがお願いしたほうが、神さまもお聞き届けくださるに違いない――。そんなとっさの思いつきを並べる。

「そりゃ、参拝くらいはしてやってもいいが、なにもこんな時刻に……」

「今夜中でなければ困りますっ！」

「うわ、でかい声だな」

思わず力んでしまったが、ここは一気に畳みかけたい。

「すみません。でも、その……、願かけをするなら今日が一番なんです。うちの神さまのご縁日なので」

おけいは必死だった。明日になれば権兵衛の気が変わってしまうかもしれない。たとえ強引でも、今の勢いで連れていってしまうにかぎる。

「あーもう、わかった。わかったから」

腕をぐいぐい引っぱって連れ出そうとする小柄な娘に、さすがのひねくれ者が根負けしたのだった。

◉

西の空にかかる細めの半月が、下谷の寺町を照らしていた。

すでに五つ半（午後九時ごろ）を過ぎ、大寺院の裏道に響くのはふたつの足音だけだ。

やがて裏道は築地塀《ついじべい》に突き当たる。その脇にこんもりと茂る笹藪《ささやぶ》の中を、おけいが先にくぐり抜けて、後から来る権兵衛を待った。

「またずいぶんと辺鄙《へんぴ》なところへ連れてきやがったな」

藪の小道を抜け出た途端、権兵衛が難癖《なんくせ》をつけた。

「本当にまともな神社なのかよ。人目を避けているとしか思えないぞ」

そう言われても仕方がなかった。今から一年ちょっと前、閑古鳥《かんこどり》の導きで初めてここを訪れたとき、おけいも奇妙に思ったものだ。

だが実際には、隠れ里のごときこの社《やしろ》に、一日一人、多いときには二人か三人、かならずと言っていいほど訪れる客がいた。出直し神社には、縁起のよい〈たね銭《せん》〉を授かりにやって来る参拝客が絶えたことがないのである。

「とにかくお参りをしましょう」

疑わしげな権兵衛を急《せ》かして枯れ木の鳥居をくぐり、古びた社殿《しゃでん》の階段を上がる。

「婆さま、わたしです。お客さまをお連れしました」

声をかけると同時に唐戸《からと》が開いて、白い帷子《かたびら》を着た小柄な老婆が現れた。この小さな社をお守りしている、うしろ戸《ど》の婆である。

「よくきたね。お入り」

婆は慌てることなく夜分の客を招き入れた。慌てるどころか、すっきりと片づいた社殿の中には、すでに三人分の茶碗《ちゃわん》と菓子まで用意されていた。

「昼間の参拝客が置いていったのだよ。お客人はそこに座るといい。今夜は菓子をいただきながら話を聞くとしよう」

しわくちゃの婆と向き合う席を勧められ、権兵衛が居心地悪そうに腰をおろす。

斜向《はすむ》かいに座ったおけいは、それぞれの前に置かれている真っ白い皮の上に赤いぽっちりのついた、いかにも品のよい饅頭に目をとめた。

「婆さま、これ、もしかして……」

「吉祥堂の薯蕷《じょうよ》饅頭さね。白湯《さゆ》と一緒におあがり」

話には聞いていたが、おけいが実物を拝むのは初めてだった。小ぶりで可愛らしい饅頭を、大切に割って口に入れると、やさしい小豆の風味が舌の上に広がる。

（わ……おいしい）

薯蕷（山芋）を使った皮は薄くしっとりして、こし餡のなめらかさを邪魔することなく、むしろ上手に引き立てている。本当にしみじみと美味い饅頭だ。

「あんたもお食べ。にらんでいたって味はわからないよ」

うしろ戸の婆に促され、権兵衛も手を伸ばして饅頭を齧《かじ》った。ひと口目を食べ、茶碗の白湯で流したあとに残りを味わう。じっくり。時間をかけて。

「どうだい。うまかろう」

「ああ、美味い」

余韻まで味わいつくすかのように、目を閉じたまま権兵衛が応える。

「しっかりしたこし餡なのに、舌にのせた途端、雪のようにとける。最後に旨味を感じるのは質のいい小豆と和三盆《わさんぼん》を使っているせいだ」

それを聞いておけいは思い出した。数日前に吉祥堂を訪れたとき、この小さな饅頭が、ひとつ二十八文の高値にもかかわらず、すべて売り切れてしまっていた。

「あの店の商いには悪い噂もある。でも、菓子作りに関しては間違いがない。最高の職人が最高の材を使って、手抜きなしの仕事をしているからな」

なぜか悔しそうな権兵衛に、うしろ戸の婆が顔を突き出して訊ねた。

「察するところ、あんたも菓子屋らしいね。どこの何という店だい。ついでに名前と歳も、この婆に教えておくれでないか」

ハッと、おけいが顔を上げた。

ここに来る前、菓子合せの決戦にツルのえびす堂が残れるよう、一緒に祈願してくれと頼んだが、あれは権兵衛を誘い出すための方便だった。

もちろんツルのことも祈る。でもその前に、笹屋の餡を使わせてやると言ってほしかった。できることなら権兵衛自身を菓子合せに引っ張り出したい。そこで考えついたのが、うしろ戸の婆のもとへ連れてくることだった。

「おれは権兵衛。歳は二十四。湯島聖堂前の笹屋っていう餡屋の倅《せがれ》だ」

「では、餡屋の権兵衛さん。あんたは商売繁盛の祈願にきたのかい」

いつもの言問《こと と》いが、すでにはじまっていた。

「違う。商売も大事だが、今日は知り合いのことを頼みにきた」

知り合いとはどこの誰だと、婆が問う。

「神田明神下に、えびす堂って煎餅屋がある。そこの倅のツルってやつだ」

「煎餅屋のツルさんは、あんたとどんな知り合いかね」

幼馴染みだと権兵衛が答えた。ガキ大将同士で喧嘩《けんか》ばかりしていたら、双方の親に剣術道場へ連れていかれ、いつの間にか兄弟のような間柄になっていたことや、試合のときにはそろって代表に選ばれていたことまで、婆に問われるがまま語った。

「ツルは小柄なくせに度胸がいい。だから先鋒を任されるんだが、初太刀《しょだち》をかわされたらたわいなくて、すぐ負けちまいやがるんだ」

当時を思い出してせせら笑う。

「そう言うあんたは勝てたのかい」

「おれは……」

権兵衛が黙ってしまった。おけいは道場での昔話をツルから聞いて知っていたが、大事な言問いの途中で口を挟むことは控えた。

決まり悪そうに身じろぐ権兵衛を、うしろ戸の婆が正面から見つめている。

その右目は白く濁り、おそらくもう見えてはいない。しかし左の目だけは湧き出す泉のごとく黒々と澄みきっている。これが千里眼《せんりがん》といって、常人には見えないものまで見通してしまうありがたい目であることを、おけいはすでに学んでいる。

「――で、ツルさんのために何をお願いするつもりかね」

ふいに婆が話を変えたことで、安心したように権兵衛が答えた。

「やつが菓子合せで勝ち上がれるよう、祈願してやることはできるかい」

「菓子合せというと、師走にお蔵茶屋で催されるというあれだね」

「婆さん、よく知っているな」

何を隠そう、今をときめく〈くら姫〉の女店主も、かつて出直し神社を訪れた参拝客の一人として、たね銭の倍返しをすませたばかりなのだ。

そんなことなど知る由もない権兵衛は、驚きながらも先を続けた。

「なら話が早い。その菓子合せにツルが申し込むと言いだしやがったんだ。どうせ予選で落っこちるだろうが、神社で祈願だけでもしてやってくれって、おたくのちっちゃい巫女に頼まれたんだよ」

首をすくめた巫女姿の娘をちらりと見やって、婆がかすかに目を細める。

「そりゃあ結構なことだ。あとでしっかりと神さまにお願いしてやろう。でもその前に、権兵衛さん、あんたが自分のために祈願したいことはないのかい」

「べつに、何も……」

権兵衛が口ごもる。

「あんたたって、菓子作りにかかわる仕事をしているのだろう」

「おれは餡を炊いて卸すだけさ。茶屋を儲《もう》けさせるための勝負なんぞくだらない」

興味すらないとうそぶく男に、ぴしゃりと婆の声が飛ぶ。

「そうやって、いつまで逃げているつもりかね」

「逃げる……？」

火傷痕のある頬が引きつった。

「勝負はときの運というじゃないか。強い者が一本取られることも、弱者が思わぬ勝ちを拾うこともある。一度や二度、たとえ百度の勝負に挑んで負けたとしても、あんたの値打ちに取り返しのつかないほどの傷が残るわけではないのだよ」

うう……と、犬のような唸り声が聞こえる。

「そんなに勝負ごとが嫌いかい」

違う、そうじゃない、と、権兵衛が激しく首を左右に振る。

「だったらなぜ逃げるのか、この婆に話してごらん」

「…………」

沈黙のあと、がっくりと肩を落とした権兵衛が消え入りそうな声で言った。

「おれは、負けるのが嫌なんだ」

剣術道場の試合で負けるたび、湯島のガキ大将を気取っていたくせに、いざとなったら頼りにならないと冷やかされる。それが耐えられず、いつの間にか真っ向からの打ち合いを避けて、引き分けに持ち込むようになってしまった。

「菓子合せのことだって、ツルにうちの餡を使わせてやりたいのは山々だよ。けど、あっさり予選落ちでもしたら、同業仲間の笑いものだ。うちも得意先に見放されるかもしれない。それに、あの〈くら姫〉の女店主……」

「お妙さまのことですか？」

うっかり声を上げたおけいが、慌てて自分の口を手でふさぐ。

うしろ戸の婆は聞こえなかった体《てい》で、頬を赤らめる男に訊ねた。

「お蔵茶屋の店主がどうかしたのかい」

もうやけくそになったのか、権兵衛が心の内を吐き出した。

「もし、あの別嬪《べっぴん》さんが、おれの炊いた餡を食ってまずそうな顔をしたら、おれはこの先何年も立ち直れないだろう。それに、あれが菓子合せの予選で落ちた餡屋だと、世間のやつらに指をさされるかと思ったら――」

すでに悪い結果が出たかのように冷や汗までかく権兵衛は、希代のひね者というより、ただの肝っ玉の小さい男だった。

店の餡作りを任されても、下手な工夫などして味を損ねないよう、父親に教えられた手順を忠実に守り続けた。何につけても新しいことに挑もうとする者がいれば馬鹿にして、さも自分は分別があるかのように見せてきたのだ。

「おれは失敗したくなかった。人前で恥をかくのが怖いんだ」

ようやく本音を語った権兵衛に、うしろ戸の婆があらためて訊ねる。

「では、今夜の祈願はどうしようかね。人のために祈るのも結構だが、まずは自分が何を望んでいるのか、神さまの前で言揚《ことあ》げしておくのも悪くないよ」

ぜひそうしてくれと、おけいも堪《こら》えきれずに声を上げた。

「ツルさんのための祈願は、わたしがさせていただきますから」

「──わかった」

ようやく肚《はら》を括《くく》った権兵衛が、婆の目を見て言揚げをする。

「うちの餡を使わせてやる。餡屋は裏方の仕事だから連名にはしないが、師走の決戦までえびす堂を勝ち残らせる。あの別嬪さんの女店主が、おれの餡に舌鼓を打つところを見てやりたい」

「大きく出たね。面白い」

うしろ戸の婆が立ち上がった。古色蒼然《こしょくそうぜん》とした琵琶《びわ》を持ち出し、ご神体をお祀りする祭壇の上に置く。出直し神社のご神体は、木《こ》っ端《ぱ》に目鼻を描いて白い御幣《ごへい》を巻き付けただけの、素朴な貧乏神だ。

婆が短い祝詞《のりと》を読み終え、参拝客に向き直って琵琶を揺すった。琵琶にはネズミに齧られた穴が開いており、ここから縁起のよい〈たね銭〉が出てくる寸法だ。

（どうか神さま、権兵衛さんとツルさんの後押しをしてください）

おけいが祈りを込めて見守る前で、コトンと音をたてて銭が落ちた。裏面に波の模様があることから、波銭とも呼ばれる四文銭である。

「あんたのたね銭だ。お守りとして身につけるがいい」

婆が四文銭を拾いあげ、穴に紐《ひも》を通して権兵衛の首にかけてやった。

「良きにつけ、悪《あ》しきにつけ、あんたが思うほど世間はあんたのことを気にしちゃいない。何度でもあたって砕けてみればいいのさ。寄せては返す波のようにね」

こうして権兵衛とツルは、力を合わせて菓子合せに挑むことになったのだった。

◉

十一月八日の朝。黒い羽織姿の男たちが、紺屋町の裏道を歩いていた。みな道端の水路に架かる小橋を渡り、〈くら姫〉の店蔵がある黒塀のくぐり戸へ吸い込まれてゆく。

おけいは塀際から生える柳の木の裏に隠れて、その顔ぶれを見ていた。

（いま入っていったのは、御室堂《おむろどう》さんだわ。その前にお駕籠《かご》で来られたのは、たしか椿屋さんだったと思うけど）

菓子合せの申し込みは正午で締め切られる。ぎりぎりまで知恵を絞った店主たちをねぎらうため、今日は商いを休みにしたお妙が、直々に申込書を受け取ることになっていた。

おしのに付き添ってきたおけいだが、敷地の中には入らなかった。かつて巫女姿の娘がここにいたことを覚えている菓子屋もいるだろう。志乃屋が依怙《えこ》贔屓《ひいき》されていると思われないためにも、菓子合せがすむまではお妙に会わないつもりだった。

それにしても遅い。待ちはじめてすでに半時（約一時間）が過ぎている。

おしのが出てきたのは、そこからさらに半時近く経ってからだった。

「たいへんお待たせしました。やっと申し込みがすみました」

「ご苦労さまです。よほど混んでいたのですか」

垂れ下がる柳の枝のあいだから顔を出す娘に、少し疲れた様子のおしのが答えた。

「お妙さまと初めてお会いする方がほとんどですから、皆さん申し込みのついでに長々とご挨拶をなさいます。それで時間がかかっているのですよ」

だからといって、申込書だけを置いて帰ってしまう者はいない。多忙なはずの店主たちが、まだ二十名ほどもお妙に会うためだけに残っているという。

「私の前には、橋元屋《はしもとや》さんがご挨拶をされました。お店の職人さんを伴われていたのですが、ご店主ともども、今回の菓子合せにかける意気込みがすごくて……」

元飯田町に店を構える橋元屋は、日本橋の吉祥堂と並び称される江戸の名店である。

吉祥堂が南蛮菓子などの新しい菓子を次々と売り出して話題をさらうのに比べ、一方の橋元屋は老舗らしく伝統に則《のっと》った商いを旨としていた。菓子の見た目に派手さはないが、確かな材料だけを用いて、熟練の職人が手がけるところは同じで、橋元屋のほうを贔屓にする客も多いと聞く。

「橋元屋さんには、これまで〈くら姫〉に菓子を卸すお話が何度かあったらしくて、でも、そのたびに立ち消えになっていたそうです」

そういえば――と、おけいには思い当たることがあった。

今年の正月、お蔵茶屋の商いを再開するにあたり、抹茶の折敷に添える菓子として候補に挙げられたのが、橋元屋と吉祥堂の主菓子だった。あのときは衆目を集めるためにも、ひとつ四十文もする吉祥堂の主菓子に軍配が上がったのだが、どうやら橋元屋は、その後も苦い思いをしてきたらしい。

長らく菓子作りを一任されてきた職人頭《がしら》は、『もうこれ以上、旦那さまに恥をかかせるわけにはまいりません。この菓子合せに勝てなかったら、自分は菓子職人を辞めます』と、お妙の前で決意を示したという。

「まさに鬼気迫る眺めでした。菓子にかかわって生きる者が、それぞれの秘めた思いや、背負うもののため、今ここに集《つど》ったのだと身に染みて感じました」

そう言って、震える指先をしきりに揉み合わせるおしのを見ていると、おけいまで背筋がぞくぞくしてくるのだった。

「ところで、えびす堂さんたちはまだですか。店の中でお見かけしませんでしたが」

おしのが心配そうに左右へ目をやった。締め切りまで残すところ小半時を切っているはずだが、まだツルも権兵衛も現れない。

おけいも不安を隠しきれなかった。

「今朝一番に新しい用紙をもらいに行くと言っていましたから、まだお店で筆を走らせているのだと思いますが……」

ツルと権兵衛は、締め切り間際になって申し込みを書き直すことになった。

それというのも昨晩のこと、相模屋の逸平が息せき切って志乃屋に駆けつけ、〈角杯〉について新たに面白いことがわかったと、おけいに知らせたのだった。

『清国の雑八宝だけではなく、西洋にも〈角杯〉があるらしいのです』

三河町《みかわちょう》で私塾を主宰する林玄峯《はやしげんほう》が、愛弟子《まなでし》の逸平に貴重な文献を見せてくれたという。

何を隠そう林玄峯こそ、世に隠れた博識中の博識であった。

『えびす堂さんが〈角杯〉の菓子をお作りになるとうかがいました。締め切りは明日だと知っていますが、ぜひともお伝えしておきたくて』

うまくゆけば他店を出し抜くことができるかもしれないと聞き、おけいはさっそく逸平を明神下へ連れていった。

折よくえびす堂には権兵衛も居合わせていて、まだ十歳の子供が熱心に伝えようとする異国の話を、ポカンと口を開けて拝聴した。講釈が一段落したときには、ツルも権兵衛もすっかりその気になっていたというわけだ。

「大丈夫。きっと間に合います。九つの鐘が鳴り終わるまでに店に飛び込んだら、受け付けてもらえるそうですから」

「そうですよね」

おしのになぐさめられて小橋を渡ろうとした矢先、水路の前に三丁の駕籠がとまった。町駕籠ではなく、お大尽《だいじん》だけが使う高価な宝泉寺《ほうせんじ》駕籠である。

どこの大店《おおだな》の御一行さまかと思っていると、先の二丁の駕籠から女が降り立った。ひとりは三十代半ばの大年増、もうひとりは六十近いと思われる老女だが、どちらもかなりの太り肉《じし》で、似かよった面立ちをしている。

（お母さまと娘さんかしら。どこかでお見かけしたような気もするけど……）

それにしても、ずいぶんと派手ないでたちの母娘だった。

娘と思《おぼ》しき女が身にまとうのは、深紅と瑠璃《るり》色の松皮菱《まつかわびし》の中に折り鶴紋を入れた、見事な総模様の小袖だった。蛇籠《じゃかご》の刺繍をほどこした太帯も立派なものではあるが、どう考えても大年増のする格好ではない。半白髪の老女のほうも、まるで童女が着るような桃色の地に、季節外れの牡丹が描かれた小袖姿である。

悪目立ちとしか言いようのない女たちから目を離せないおけいの耳もとで、おしのが早口にささやいた。

「一番うしろの駕籠から降りたのは、吉祥堂の小番頭だった市蔵さんですよ」

それでようやく気がついた。人目を引く豪奢《ごうしゃ》な衣装で登場したのは、いつぞや吉祥堂の帳場にだらしなく座っていた女で間違いない。

（そうか、吉祥堂さんも最終日の申し込みにきたのだわ……）

派手に着飾った八代目店主が、母親と思しき老女と大番頭に格上げされた亭主を従え、花魁《おいらん》道中よろしく小橋に向かって歩いてくる。

橋の手前にいたおけいたちは、脇によけて道を譲った。すれ違いざま、大年増にしては丸々として艶のある店主の顔のあたりから、ぷんと獣を思わせる臭気が漂った気がした。

◘

「あの足の速さなら、大丈夫でしょう」

「やきもきさせられましたね」

相生町の長屋の木戸口で、おしのとおけいが笑い合った。

たった今、明神下の坂道を転がるように下ってきた二人の若い男が、脇目もふらず前を走り抜けていった。えびす堂のツルと笹屋の権兵衛である。

ようやく書き上げた申込書をたずさえて、お蔵茶屋へ向かったのだろうが、まだ九つの鐘は鳴っていない。おそらくぎりぎりで間に合うことだろう。

「お帰りなさいまし。女将さん、おけいさん」

志乃屋に戻った女たちを、慎吾が迎え入れた。

本腰いれて菓子屋に奉公すると決めた慎吾は、ひとつに束ねた総髪から、前髪を残した町人風の髷《まげ》に変わっていた。親しんだ袴とも別れを告げ、おしのが用意した棒縞の着物と前掛けをつけた姿は、どこから見てもお店の小僧さんだ。

「掃除が終わったようですね。竈《かまど》の上も、水まわりもきれいになっています」

台所を見まわして、おしのが褒めた。

今日は〈くら姫〉に合わせて志乃屋の商いも休みである。一人で留守番に残った慎吾は、普段は手の及ばない隅々を磨いていたのだ。

「そうだ。女将さんがお留守のあいだに、小石川からお使いがきていました」

「小石川……狂骨先生ですか？」

慎吾がこくりとうなずいた。

「大急ぎで、竹林までご足労願いたいとのことです」

「まあ、何のご用でしょう」

いきなり呼び出されて不安そうなおしのを、おけいが道案内することになった。

目指す竹林は、墓所の裏にある竹藪《たけやぶ》を越えた先にあった。

前後左右に首をまわしても、真っすぐ天に向かって伸びる青竹よりほかに目に入るものはなく、爽《さわ》やかな香りと、静かな時間だけが流れている。

艶やかな竹の肌をなでて、おしのがうっとりと嘆息した。

「なんて清々《すがすが》しいのでしょう。慎吾の話に聞いてはいましたが……」

おしのの父親の墓も小石川の寺社地にあるのだが、近くにこれほど見事な竹林が広がっていたとは知らなかったらしい。

やがて竹が生い茂る隙間に、大小いくつもの掘立て小屋が見えてきた。まだ新しい筵掛《むしろが》けの小屋もあり、その前で腕組みをして立っているのが、物乞いたちから『先生』と呼ばれて慕われる狂骨老人だった。

「遅い。いつまで待たせるつもりだ」

白い蓬髪《ほうはつ》に質素な膝切り姿の狂骨は、顎《あご》を反らせておけいをねめつけた。

「申し訳ございません。菓子合せの申し込みに手間取りまして」

恐縮して詫びたのは、おしのだった。

「お初にお目にかかります。手前が志乃屋の店主でございます」

「ふ、ふん。──慎吾のやつはどうだ」

一喝した手前、急に態度を和らげられない狂骨が居丈高に訊ねる。

「とても礼儀正しいお子さんですね。それに素直で、もの覚えもよくて。志乃屋にお預けいただいて感謝しております」

「ふふん、そうであろう。おぬしは運がいいぞ」

あれは拾いものだ。何をさせてもひとかどの者になる大器だ。ほれ、もっとわしに感謝せんかい。などと、恩着せがましいことを次々と言いだす。

そんな老人の扱いに慣れているおけいが、困惑するおしの前に出て訊ねた。

「ところで先生、急ぎのご用というのは何でしょうか」

「おお、そうだった」

小屋の筵をまくり上げ、狂骨が中へ入るよう促した。

「身元を確かめてもらいたい病人がおる。口で言うより見たほうが早かろう」

「私に、身元を……」

戸惑いながらもおしのが筵の下をくぐり、おけいも後に続く。

小屋の中は狭くて暗かった。古筵を敷いた上に布団がのべられているが、もうそれだけで余分な隙間はほとんど残っていない。

先に入った狂骨が病人の足もとに胡坐《あぐら》をかき、女たちを枕もとに並んで座らせた。

目の前で横たわっているのは、年老いた男と思われた。見えているのは首から上だけだが、それでもひどく痩せ細っていることがわかる。髷はいったいどうなってしまったのか、毛が伸びた月代《さかやき》のまわりに中途半端な長さの白髪が散らばっている。

「先月の二十日に運ばれてきたときから髷はなかった。無造作に切り取られたようだが、誰が切ったのかはわからん。身につけていたのは寝間着と下帯だけだ」

つまり身元が判《わか》るようなものは、いっさいなかったということだ。

「心身ともにひどく弱っていて、これはもう助からんと思ったが、どうにか持ち直した。数日前から話もするようになって、自分の名前も口にしたのだが……」

名前がわかっても身元がはっきりしない。そんな老人に見覚えがあるかと訊ねられて、おしのはしきりに目を凝らしている。

おけいも薄暗がりの中で、仰向《あおむ》いて目を閉じている老人の顔をじっくり眺めた。無精髭《ぶしょうひげ》におおわれた顎は小さく、鼻と上唇が前方に突き出している。鳥の類《たぐい》を思わせる風変わりな顔立ちは、どこかで見たような気がする。

(誰かしら。もう少し明るいところで見ればわかりそうだけど)

ふたりの様子に、狂骨が立ち上がって、壁代わりの筵をもう一枚まくり上げた。薄暗い小屋の隅々まで陽《ひ》が差し込み、やつれた病人の顔を明るく照らす。

「あっ、この人は——」

「わかりました」

珍しくおけいを抑えて、おしのが言った。

「他人の空似かとも思いましたが間違いありません。この方は、日本橋・吉祥堂の七代目店主だった吉右衛門さんです」

第三話 ひもくの魚の片割れへ——たね銭貸し金十両也

「いらっしゃいまし。はい、州浜《すはま》十個でございますね」

「餡玉《あんだま》を六個のお客さま、お待たせいたしました」

志乃屋の店先では、名物の州浜と餡玉を買ってゆく客が引きも切らなかった。

裏長屋の軒下に店台を置いただけの小店にもかかわらず、噂《うわさ》をたよりに遠方から訪れる客も少なくない。

「あら、いやだ。もう州浜がなくなっちまったよ」

売り場を手伝う長屋のおかみさんたちが、不安そうに顔を見合わせた。目の前で売り切れましたと言われれば、怒りだす客もいるからだ。

すっかり人気店となった志乃屋だが、今でも店主のおしのが一人で菓子作りをこなす。

それゆえ今月のように〈くら姫〉から月替わり菓子の用命があれば、たとえ寝る間を惜しんで働いても、店売りの菓子を十分な数だけ用意することができずにいる。

「餡玉も残りわずかです。いま並ばれているお客さまに、ご入り用の数をうかがってください。行き渡らないお客さまには、わたしがお詫《わ》びを申し上げますから」

おしのが留守のあいだに売り場を仕切るのは、志乃屋でただ一人の正式な奉公人となった慎吾である。菓子職人としての修業をはじめる前に、商い全般を知っておきたいからと、どんな仕事も進んで引き受けている。

まだ十一にしかならない慎吾の働きぶりを見て、おけいも気合を入れなおした。

「お加減はいかがですか、ご隠居さま」

店土間の奥の四畳半では、落ち武者のような頭髪の老人が臥《ふ》している。吉祥堂の店主から隠居の身分となった吉右衛門である。

「昼餉《ひるげ》の支度にかかりますが、召し上がりたいものはございませんか」

老人は返事をしない。声は聞こえるはずなのに、じっと天井を見上げるだけだ。

「遠慮なさらないでください。お好きなものを召し上がっていただくよう、おしのさんに言いつかっていますから」

「…………」

やはり黙したままだ。この三日間というものずっとこんな調子で、志乃屋に残って世話をすることになったおけいは、まだ一度も吉右衛門の声を聞いていない。

大そう扱いやすい病人ではあった。着替えさせるにも、布で身体を拭うにも、こちらの言うままになってくれるし、文句も言わない。

（なんだか拍子抜けしそう。だって……）

吉祥堂の店主といえば、商いにまつわる悪い噂が絶えない、因業な老人のはずだった。

店を番頭に任せ、自分は町を歩きまわって世に知られていない菓子を探す。気に入った菓子を見つけると、好々爺《こうこうや》のふりをして製法を聞き出し、自分の店で同じものを作らせる。秘伝を教えない店に容赦はしない。あの手この手で籠絡《ろうらく》し、それでも駄目なら店そのものを乗っ取ってしまう。

かつて吉祥堂の菓子職人だったおしのの父親も、だまし討ちとも取れる卑怯《ひきょう》な手段で、自分の店をつぶされた一人なのである。

「まことに相すみません、本日の菓子はすべて売り切れてしまいました」

店の外からおしのの声が聞こえてきた。月替わりの菓子を〈くら姫〉へ届けに行ったのだが、売り場の菓子が切れたところに帰ってきたらしく、買いそびれて恨みごとを言う客に、慎吾と二人で頭を下げている。

「遠方からお越しのお客さまにはたいへん申し訳ないことです。ご覧のとおりの小商いでございますので、どうぞご容赦のほどを」

志乃屋では毎日がこの繰り返しだった。手が足りないなら菓子職人を雇えばいいだけの話だが、雇い入れた途端に仕事がなくなってしまうことを考えると、なかなか踏ん切りがつかないらしい。

「いつも悪いほうに考えてしまうのね。おしのさんは用心深い人だから」

おけいのつぶやきに、枯葉を散らす木枯らしのような声が応じた。

「用心深さも、度を越せばただの臆病だ」

ハッとして布団の上に視線を落とすと、病人が細い首を曲げて店表を見ていた。

話は菓子合せの申し込みが締め切られた十一月八日にさかのぼる。

小石川の竹林へ赴き、筵掛《むしろが》けの小屋で寝かされていた老人に引き合わされたおしのとおけいは、狂骨老人から詳しい経緯《いきさつ》について聞かされた。

『たしか、先月の二十日だった。朝早いうちに出かけた物乞いたちが、墓場で倒れていたこの御仁を見つけたのさ』

戸板で狂骨のもとに運ばれてきたのは、ひどく痩《や》せ細った老人だった。じき霜が降りようかという寒空の下、身にまとうのは薄い寝間着だけで、髷《まげ》まで切られてしまっている。物乞いが自分の上着を脱いで掛けてやったほど、哀れをもよおす姿だった。

『おそらく流行《はや》り風邪《かぜ》で臥せっていたのだろう。ひどく衰弱しておった。そのまま墓場で死なせたら世話のないものを、わしのもとへ運んでくるのだから困ったものだ』

ぼやいてみせる狂骨だが、死にかけの病人を見捨てたりはしなかった。

『正直、もう無駄だろうと思っていたが、存外にしぶとい御仁でな。日にちはかかったが少しずつ持ち直した』

そんな話を、おけいは前にも聞いた覚えがあった。

酒とカレイの干物をたずさえて、剣術道場の奥方を診《み》てもらいたいと頼みにきたときのこと、当時はまだ竹林にいた慎吾が、今朝がた運び込まれた病人に狂骨がかかりきりだと言っていた。あのときの病人が吉右衛門だったわけだ。

死地を脱してからも、吉右衛門はしばらく目覚めたり眠ったりを繰り返した。会話ができるようになったのは十月の末で、そのときようやく、自分が日本橋・吉祥堂の店主だと明かしたのである。

『初めは病のせいで頭がどうにかなったかと思った』

吉祥堂の店主が行方不明になれば、もっと世間が騒ぎそうなものだ。みすぼらしい姿で墓場に打ち捨てられていたのも奇妙である。だからと言って、老人の出まかせとも思えなかった狂骨は、日本橋まで出向いて確かめることにしたらしい。

――おい、店主に会わせろ。

ずかずかと店に入るなり、狂骨は手代《てだい》をつかまえて言った。

——ええっ、何用でございますか。

まだ若い手代が、粗末な膝《ひざ》切り姿の痩せ老人に目をぱちくりさせる。

——耳が遠いのか。店主の吉右衛門に会わせろと言うておる。

老人の不遜《ふそん》な態度にただならぬものを感じたのか、手代は慌てて店奥へと走り、大番頭を名乗る男を連れてきた。

——あいにく吉右衛門は不在でございます。病後の療養のため湯治《とうじ》へ出かけておりまして、どうしてもお会いになりたければ、どうぞ箱根の湯治宿をお訪ねください。

慇懃《いんぎん》に頭を下げる大番頭に、なおも狂骨が訊《たず》ねた。

——江戸にはいつ戻るのだ。

——さぁて、それは私どもにはわかりかねますので……。

大番頭はとぼけながらも、狂骨の手に栗饅頭《くりまんじゅう》をひとつ握らせた。

——今日のところはこれでお引き取りを。

饅頭の下には、粒銀がひとつ忍ばせてあった。

『まあ、そういうわけで、小遣いをもらって引き上げた』

狂骨は悪びれることなく、大番頭からせしめた粒銀を見せびらかした。

もちろん大番頭の言葉を鵜呑《うの》みにしたわけではない。胡散《うさん》くさいというか、よからぬ企《たくら》みの臭いがぷんぷんする。そこで、吉祥堂とともに〈くら姫〉に出入りしている志乃屋の店主を呼びつけ、老人の顔をあらためさせたのだった。

『おぬしらが言うのだから、この御仁は正真正銘、吉祥堂の店主とみて間違いなかろう。さて、そうなると……』

吉右衛門をどうするかが問題だった。吉祥堂を取り仕切る大番頭は、先代店主が箱根で湯治中だと言い張っている。そんなところへ当人を連れていくのはいかがなものか。

『いっそここに残るという手もある』

狂骨が口の端を吊《つ》り上げて言った。

『住めば都というだろう。物乞いたちとの暮らしも悪くないぞ』

狂骨の戯言《ざれごと》を、真面目《まじめ》なおしのが慌てて打ち消した。

『と、とんでもない。吉右衛門さんは、うちで引き取らせていただきます』

「どうしてあんなことを言ってしまったのか、自分でもわかりません」

長屋の台所土間で、おしのが州浜の生地をこねながら苦笑した。

二十五年の歳月が流れた今でも、父親を死に追いやった吉右衛門への恨みが消えたわけではない。なのに、あの冷たい隙間風《すきまかぜ》が吹き抜ける筵掛けの小屋に、病みやつれた吉右衛門ひとりを残して帰ることができなかった。

おけいは筵の上に広げた小豆《あずき》を選《え》り分けつつ、話に耳を傾けている。

そこへ勢いよく戸を開けて、元気な小僧が帰ってきた。

「ただいま戻りました」

「ご苦労さま、重かったでしょう」

薪《まき》の買い足しに出ていた慎吾を、おしのが出迎えてねぎらった。

「これくらい軽いものです。それと、市場に寄ったら銀杏《ぎんなん》が剝《む》き上がっていました」

「まあ、本当にあなたは気が利きますね。助かりますよ」

小僧が差し出す笊《ざる》の中には、翡翠《ひすい》色の銀杏が入っていた。今月末まで〈くら姫〉に卸す月替わり菓子に用いるのだが、下拵《したごしら》えに手間のかかる食材なので、焼いて硬い殻を外したものを仕入れている。

慎吾が褒《ほ》められ、口利きをしたおけいも誇らしい気持ちになって小豆と筵を片づけようとした、ちょうどそのとき、八つ（午後二時ごろ）を告げる鐘が鳴りはじめた。

「そろそろお茶にしましょう」

どれほど忙しくとも、おしのは八つどきに茶を喫すると決めている。

菓子にたずさわる者こそ、茶菓子を楽しむ心を大切にしなくてはならないのだと、かつて父親から教わったことを実践しているのだ。

おけいはすぐに湯を沸かして、ひびが入って売り物にならない州浜を懐紙《かいし》にのせた。素朴な菓子に合わせるのは、もちろん熱いほうじ茶である。

「待って。吉右衛門さんには州浜ではなくこれを――」

おしのが別の菓子をひとつ出しておけいに渡した。

「慎吾もここでおあがりなさい。私たちは隣に行ってきますから」

いったん外へ出るおしのの後を、おけいも茶盆と土瓶を持ってついていった。

売り場として使っている隣家の土間は、明朝の開店に備えてすっきりと片づいている。

その奥の四畳半が、吉右衛門の寝所として充てられていた。

「お加減はいかがですか。八つどきですので、お茶を差し上げます」

すでに午睡から目覚めた老人は、仰向《あおむ》きに横たわったまま天井を見上げていた。

日ごと薄紙を剝《は》ぐように、吉右衛門は回復しつつある。目を覚ましている時間も増え、
今はおしのに手を借りながら、布団の上で正座をしようと努めた。

「この姿勢で大丈夫でしょうか。お寒くありませんか」

骨と皮ばかりの老体を気づかい、古手屋《ふるてや》で買い求めた分厚い綿入れの半纏《はんてん》を、おしのがかいがいしく着せかけている。

おけいは茶と菓子の用意をした。大きな備前焼《びぜんやき》の湯飲みにたっぷりとほうじ茶を注ぎ、その横に懐紙にのせた菓子と、黒文字《くろもじ》の小楊枝《こようじ》も忘れずに添える。

「十一月の月替わり菓子として、お蔵茶屋にお納めしている〈木枯らし〉でございます。

どうぞご賞味ください」

おしのの手で差し出された茶菓子は、ところどころ破れた皮の隙間から小豆のこし餡がのぞく、いわゆる田舎《いなか》饅頭だった。

かすかに震える指先で取り上げた菓子を、吉右衛門がじっくりと眺めた。

志乃屋の田舎饅頭には、てっぺんに銀杏がひとつのっていた。薄皮の色がほんのり茶色味を帯びているのも、他所《よそ》の店の品とは異なっている。

吉右衛門が饅頭を半分に切って口に入れ、ゆっくりと咀嚼《そしゃく》するあいだ、おしのは固唾《かたず》を呑《の》んで見守った。

「……美味《うま》い」

ようやくもれたつぶやきに、地味なおしのの顔が花開いた。

「ありがとうございます」

「この田舎饅頭には、皮にも餡にも深い旨《うま》みがある。味噌《みそ》でも使ったのか」

畳に手をついていたおしのは、老人の問いに急いで顔を上げた。

「は、はい。味噌をほんの少し加えて、それと、白砂糖の量を減らして、代わりに黒砂糖を多く使いました」

「銀杏をのせた理由は？」

それは——と、言葉を詰まらせるおしのに、矢継ぎ早の問いが投げられる。

「しかもこの銀杏には炙《あぶ》った焦げ目がある。なぜ焦がした？」

低くかすれているが、答えずしてその場から逃げることを許さない厳しい声だった。

いったんうつむいたおしのは、膝の上で両手を握りしめて顔を上げた。

「霜月《しもつき》のお菓子ですから、初冬らしいものに仕上げたいと思いました。銀杏は今の時期においしくいただける食材ですし、見た目に季節を感じます。でも……」

唾を飲み込み、気持ちを落ち着かせて続ける。

「きれいな翡翠色のままでは、似つかわしくありません。木枯らしに散った枯葉を思い起こさせる田舎饅頭にしたかったので、銀杏に醤油《しょうゆ》をまぶして炙り、あえて焦げ目をつけて、枯葉と共に庭の隅に吹き寄せられた感じを出しました」

その答えを聞いたあとで、吉右衛門が饅頭の残りを口に入れた。ことさらゆっくり賞味し、最後に湯飲みを持ち上げて、ほうじ茶をすすった後に目を閉じる。

あの吉祥堂の元店主が、自分の菓子をどのように評するのか――。

おしのは小さな目を見開いたまま、石のようにかたまっている。うしろに控えているだけのおけいでさえ、おでこに脂汗が滲《にじ》み出た。

「よい出来だ。銀杏にまぶした醤油が焦げたことで、冬の炭火を思わせる香ばしさが鼻に抜ける。饅頭の隠し味の味噌ともよく馴染《なじ》んでいるし、ほうじ茶との取り合わせもいい。〈木枯らし〉の名も秀逸と言っていいだろう」

淡々と話す吉右衛門の声が、狭い座敷を静かに満たした。

これ以上はない評価に、おしのはもちろん、おけいも我がことのように嬉《うれ》しかった。

●

十一月十二日は、あいにくの時雨《しぐれ》模様となった。

菓子を買いにきた最後の客と、売り場を手伝ったおかみさんたちを送り出したあとも、おけいは長屋の軒下に佇《たたず》んでいた。

見上げる空には灰色の雲が重く垂れ込め、ときおり冷たい雨粒まで落ちてくる。足もとからもしんしんと冷気がせり上がってくるが、家の中に入る気にはなれなかった。

（知らせはまだかしら。そろそろだと思うのだけど）

今日は菓子合せの予選の結果が出る日だった。申し込みをした菓子屋の中から、二回戦へ駒《こま》を進めることが決まった三十軒に知らせが行く。昼までにはそれぞれの店に書状が届くはずなのだが、昼近くになっても志乃屋に使いが来なかった。

（まさか選ばれなかったなんてことは……ううん、そんなはずないわ）

不吉な考えを振り払って、おけいは雨にけぶる木戸口へ目をこらし続けた。

きっと知らせは来る。天気が悪いから使いが遅れているだけだと、心の中で念じているうち、無情にも昼を告げる九つの鐘が鳴りはじめてしまった。

最後の鐘の音が余韻を引いて消えていっても、まだ外に立ちつくしていたおけいの目に、こちらへ歩いてくるおしのの姿が見えた。

お蔵茶屋に今日の分の菓子を届けてきたおしのは、今にも泣きそうな顔で出迎えた娘に、満面の笑みを浮かべて言った。

「ただいま、おけいさん。お蔭《かげ》さまで勝ち進むことができました」

「えっ、でも、まだお使いの人が……」

驚くおけいに、おしのが襟元から一通の書状を出して見せる。

「知らせの文《ふみ》ならここにあります」

毎朝、自らの手で菓子を納めに来る志乃屋の店主に、〈くら姫〉側が気を利かせて、直《じか》に手渡してくれたのだという。

「ご心配をおかけしたようですけど、安心してください」

「では、では、二回戦に進むのですね」

おけいは嬉しさのあまり歓声を上げた。そのまま路地へ飛び出し、雨粒を顔に受けながら路地をぴょんぴょん跳ねまわる。

「まだ予選を抜けただけですよ」

おしのの笑う声を聞きながら、アマガエルのように跳ね続けた。

その日の晩方、えびす堂のツルと笹屋の権兵衛が、そろって志乃屋を訪れた。二回戦へ進むことがきまったと、報告を兼ねた礼を言いにきたのである。

「本当によかったですね。私も結果が出るまでは仕事が手につかなくて……」

「いやいや、志乃屋さんが予選で落ちるなんて誰も思っていませんよ」

ツルがお世辞ではなく、大真面目な顔で言った。

「でも、うちが二回戦に残れたのは、志乃屋さんにお知恵を分けていただいたお蔭です。でなければ、俺たちなんて真っ先に落とされていました」

お力添えに感謝いたしますと、権兵衛ともども深く頭を下げる。

「私は何もしていません。知恵を出してくださったのは、相模屋の逸平さんです」

「いや、まったく、あの坊やには驚かされました」

初めはおけいの頼みで宝尽くしのことを調べていた逸平だが、やがて自分の興味が掻《か》き立てられたのか、古今東西の文献から縁起のよい意匠《いしょう》を次々に掘り出してきた。その中のひとつが雑八宝《ざつはっぽう》の〈角杯《かくはい》〉である。

おしのの厚意で宝尽くしの知識を得たツルと権兵衛は、味噌煎餅《せんべい》を使って牛の角《つの》形の器をつくり、餡を詰めたものを〈角杯〉として申し込むつもりでいた。

ところが締め切り前夜になって、おけいに付き添われた逸平がえびす堂を訪ね、西洋の〈角杯〉が描かれている絵を差し出したのだった。

『これは西洋の画家が羅馬国《ローマ》の古い神話を題材として描いた絵です。わたしが写したので拙《つたな》いですが……』

それは拙いどころか、本職の挿絵《さしえ》絵師より才があると思わせるものだった。

絵の中では薄衣《うすぎぬ》をまとった男女が縁台に寄りかかっている。縁台の上に果実や木の実、魚、獣肉などが乱雑に散らばり、その横に牛の角らしきものも描かれていた。

『見てください。牛の角の中から丸いものが溢《あふ》れ出しているでしょう。これは金子《きんす》です。西洋の角杯は、打ち出の小槌《こづち》のように財を生み出す縁起物なのです』

『牛の角から溢れる金子……』

『財を生み出す縁起物……』

顔を見合わせるふたりの若旦那に、十歳の子供が次のような秘策を授けた。

雑八宝の角杯も西洋の角杯も、牛の角であることに変わりはない。だから菓子の見た目は変えなくてよい。肝心なのは『西洋』という、十中八九ほかの店にはない言葉である。これが申込書に記されていれば、きっとお蔵茶屋の店主の目にとまるというのだ。

『お妙さまのご気性なら、わたしも少々心得ています』

おけいも及ばずながら口添えをした。

『あのお方は、時をかけて磨き上げられた優美なものを大切になさる一方、新しいもの、珍しいものを取り入れようとする気質もお持ちです』

西洋の縁起物をかたどった菓子なら、お妙は実物を見てみたいと思うはずだ。ツルたちはこれらの助言を素直に受け、締め切りのぎりぎりまで時間を費やして、申し込みを練り直したのだった。

「みなさんのお力添えのお蔭です。なんとお礼を言っていいか――」

「まだ早いですよ、えびす堂さん」

もう菓子合せが終わったかのようなツルの言いようを、おしのがやんわりたしなめる。

「まだはじまったばかりではありませんか。勝負はこれからです」

六日後の十八日には二回戦が行われる。予選は書面だけの審査だったが、今度は実物の菓子を用意してお蔵茶屋に納めなくてはならない。見た目と味をお妙が吟味し、最終決戦に残す九つの菓子を決めるのである。

「今日の読売《よみうり》は、ご覧になりましたか」

「はい、ここに」

ツルが懐《ふところ》から出した刷り物には、菓子合せで二回戦に進むことになった三十軒の菓子屋の名が連ねてあった。もちろんお妙が版元に刷らせたものである。これがいっせいに撒《ま》かれたことで、早くも江戸中が菓子合せの話題で持ちきりとなっている。

さすがお妙のやることにはそつがないと、おけいは感心した。

「ほうじ茶用の菓子を競うのは、えびす堂さんとうちを入れた十軒です。お互い決戦まで進めるように頑張りましょう」

　そのつもりで精進すると約束し、もう一度だけ頭を下げて、ツルと権兵衛が立ち上がった。これから逸平のいる相模屋へ報告に行くのだ。

　二人の若者を見送ったおしのは、横にいるおけいを見てため息をついた。

「あんな強気なことを言いましたけど、私はまだ自分の〈瑞雲《ずいうん》〉に自信がないのです。あと六日のうちにどうにかしないと……」


　その晩、志乃屋にもう一人の客があった。

　ツルたちが出て行って間もなく、定町廻《じょうまちまわ》り同心の依田丑之助が戸を叩《たた》いたのである。

「依田さま。いらっしゃいまし」

　奥で餡玉を丸めていた小僧の慎吾が、土間へ飛び下りて挨拶をする。

「慎さん、元気そうだな。いいから仕事を続けてくれ」

　丑之助にとって慎吾は教えを受けた剣術師範の孫にあたる。たびたび様子を見にきていたのだが、今夜は別の用があるらしい。

「こんな時刻にすまないが、ご隠居に会わせてもらえるかい」

「ご隠居といいますと、その……」

　おしのが仕込みの手を止めて、不安そうに同心を見上げた。

吉祥堂の元店主を預かっていることは公にしていない。志乃屋に出入りする長屋のおかみさんたちにも、あれは遠縁の年寄りだと言ってある。吉右衛門の正体を知っているのは、おしのと、おけいと、慎吾だけのはずだが……。

「心配するな。狂骨先生からの頼まれごとだ」

ああ、そういうことかと、横で見ているおけいも納得した。吉右衛門の素性を知っている人物がもう一人いたことを忘れていた。

「わかりました。ちょうど薬湯《やくとう》をお持ちするところでしたので、おけいさんに案内してもらってください。私も後からまいります」

「依田さま、どうぞこちらへ」

土瓶と湯飲みを手にして、隣家の座敷へと丑之助を案内する。

そろそろ五つ（午後八時ごろ）になろうかという時刻だったが、まだ吉右衛門は布団の中で目を開けていた。夜は薬湯を飲んで休むことになっているのである。

「ご隠居さま。南町奉行所の依田丑之助さまがお会いしたいと」

「わしに、お役人が……？」

老人が身を起こすあいだに、同田貫《どうたぬき》の刀を脇に置いて丑之助が座した。

「小石川の先生に頼まれた。薬を飲みながらでいいから話を聞かせてもらいたい」

半纏《はんてん》を羽織った吉右衛門は、薬湯をひと口含んで喉仏《のどぼとけ》を上下させたあとに応じた。

「何を、お話しすればよいのですか」

「なぜ墓場などで倒れていたのか教えてくれ」

ざっくばらんに丑之助が訊ねる。

「このままではあんたが身の置き場に困るだろうと、先生は心配しておられるのさ」

吉右衛門はすぐには答えなかった。狂骨が処方してよこした薬湯をゆっくり飲み干し、ぬくもりの残る湯飲み茶碗《ちゃわん》を両手に挟んだまま動きを止めている。

丑之助も〈牛の旦那〉の名に相応《ふさわ》しいゆったりした態度を崩さない。

時が止まったかのように一同は黙りこくっていたが、やがておしのが場に加わったのをきっかけに、老人の重い口が開いた。

「あれは先月の十日だったと思います。夜半に喉の痛みと寒気を感じて、翌朝にはひどい熱で起き上がれなくなっていました」

夏の終わりから秋口にかけて猛威をふるった流行り風邪に、老齢の吉右衛門が罹患《りかん》してしまったのである。そして、それがすべてのはじまりだった。

「医者の薬はさして効きませんでした。咳《せき》と熱とに苦しめられ、粥《かゆ》さえ喉を通らない日が続いて、何日寝ているのかさえわからない有様でした」

朦朧《もうろう》とした頭で死を予感しはじめたころ、ふと、自分がいつもの寝間ではない所にいることに気がついた。よく見れば、そこは壁も天井もない吹きさらしの河原だった。

「おそらく神田川堤のどこかだろうと思いますが、はっきりとは覚えていません。あのときは、早く家に帰らねばと、ただそれだけで」

吉右衛門はふらふらと起き上がり、どこをどう歩いたかもわからぬうちに、日本橋の店までたどり着いた。

ところが、暖簾《のれん》をくぐろうとする店主を、まるで野良犬でもきたかのように、小僧がほうきの先で追い払おうとする。かまわず店に入ろうとすると、今度は小番頭の市蔵が出てきて、吉右衛門を表道まで引きずり出した。

「主人に何をするのかと叱《しか》ってやったら、市蔵のやつ鼻で笑って、うちの店主なら隠居して箱根へ出かけた。ここは物乞いの来る店ではない、などと、反対に叱られました」

物乞いと罵《ののし》られ、ようやく自分が擦《す》り切れた寝間着姿で、しかも髷《まげ》まで切られた惨めな有様であることを知った吉右衛門は、その場で気を失ってしまった。次に目を開けたときには、小石川の竹林に捨てられていたというわけだ。

「むむ、やはりそんなことだったか」

老人に対するむごい仕打ちに、丑之助が低く唸《うな》った。

「じつは狂骨先生にけしかけられて、俺のほうでも吉祥堂について調べてみた。半月ほど前から慌ただしい動きがあったようだが……話を続けて大丈夫か？」

うなずく吉右衛門の膝に、おしのが自分の上着を脱いで掛けてやっている。

夜が更けるにつれて冷え込みが増す裏長屋で、丑之助が再び話しだした。

「吉祥堂へは権造《ごんぞう》親分の手下を聞き込みに行かせた。おけいさんは覚えているだろう。あの〈妖《あや》しい刀〉の一件にかかわった留吉だよ」

何をさせても小器用にこなす留吉は、今回も権造の女房が作ったカンカン飴《あめ》を売り歩きながら、日本橋で探りを入れた。

真っ先に声をかけたのは、手代頭に格上げされたばかりの若い男だった。お店の代替わりについて訊ねると、去る十月十八日の夜、流行り風邪から回復した吉右衛門が、奥座敷に奉公人たちを呼び入れ、次のような申し渡しをしたと答えた。

『吉祥堂の店屋敷と身代《しんだい》は、今日かぎりで娘の美和《みわ》に譲る。ついては小番頭の市蔵を美和の婿《むこ》と決め、大番頭に格上げさせて商いを任せる。わしは楽隠居となって、箱根で湯治でもさせてもらおう』

吉右衛門の横には、奥方のお栄《えい》と娘のお美和も並んでおり、大番頭に出世した市蔵が、居並ぶ奉公人たちの総代として祝辞を述べたらしい。

「馬鹿な。誰がそのような取り決めなど……」

吉右衛門が唇を震わせてつぶやいた。そのころは流行り風邪に苦しめられている最中で、起き上がることすら難しかった。奉公人を集めて申し渡しをするなど、とうてい考えられないことだ。

「わかっている。話はまだこれからだ」

丑之助が先を続けた。お店の大事についてぺらぺらしゃべる手代頭に信用ならないものを感じた留吉は、ほかの奉公人たちにも探りを入れていたのである。

次に話を聞いたのは、自宅へ帰る途中の女中だった。奥向きを手伝ってもう十年になるという通い女中は、留吉を長屋の路地まで引っぱり込んでささやいた。

『あれはどう考えても変だよ。だってさ、その日の朝まで床で唸っていなさった旦那さまが、急にしゃきっとして番頭さんたちを呼び集めたなんて信じられるかい』

翌朝、通い女中がお店に行ったとき、すでに吉右衛門は箱根へ向けて旅立ったあとで、訝《いぶか》しんでいる暇さえなかった。先代の妻と娘を名乗る女たちが、その日のうちに店屋敷で暮らしはじめたからだ。

『まったく寝耳に水とはこのことさ。どこかに奥さまがいるらしいとは聞いていたけど、あたしが働きはじめてこのかた、一度だって店に顔を出したことはなかった。それがいきなり主人面《づら》して、奉公人を顎《あご》で使おうとするんだから――』

憤懣《ふんまん》やるかたない女中は、人当たりのよい飴売りの若者に、新しい女店主とその母親の人となりを微に入り細にわたって語り尽くしたのだった。

続いて留吉は、使いを言いつかって店を出てきた小僧を呼び止めた。

『いいえ、前の旦那さまでしたら、先月の十日ごろにお見かけしたきりです』

大きな飴をもらった小僧は、目をくりくりさせて質問に答えた。

『代替わりのご挨拶があったことは知っていますけど、旦那さまの座敷に呼ばれたのは、各店の番頭さんたちと、年長の手代さんだけです。若い手代さんや菓子職人のみなさん、それに女衆とわたしどもは、朝になって大番頭さんから話をうかがいました』

以上のことからわかったのは、代替わりに立ち会ったのが、突然現れた妻と娘、各店の商いを担っている中堅以上の奉公人たちだけで、その場に吉右衛門がいたと主張しているのも、それらの面々だけということだ。下っ端の奉公人たちは、店主が床上げした姿も、湯治へ出かけるところも見ていないのである。

「ここではっきりさせておきたいのだが」

ひと息ついた丑之助が、あらためて吉右衛門に訊ねた。

「吉祥堂に現れた二人の女というのは、あんたの奥方と娘に違いないのかい」

おけいもそれが知りたくて、さっきからうずうずしていた。

少なくとも二十五年前の吉祥堂には、おかみさんと呼ばれる立場の女はいなかったと、おしのがはっきり言っていたのだ。

しかし吉右衛門は、膝に置かれた綿入れの上着をなでながら、首を縦に振った。

「間違いございません。お栄はわしの古女房。お美和はその連れ子です」

湯気が上がる桶《おけ》の中に、おけいは頃合いを見計らって手を入れた。

菓子作りで使う布巾《ふきん》や手ぬぐいなどは、きれいに洗って熱い湯にさらし、お日さまに当てて乾かさねばならない。どれほど忙しくても自分の手でやらなければ納得できなかったこの作業を、おしのがようやく任せてくれた。

（あっちっち、まだ熱い！）

湯から引き上げた布巾の熱さにじたばたしても、昼下がりの売り場には、そのこっけいな姿を笑う者もいない。

志乃屋の州浜と餡玉は、今日も朝のうちに売り切れてしまった。

恨めしそうな客が手ぶらで帰ってゆくのは毎度のこと、こんな売り惜しみをする店など二度ときてやるものか、いっそ早くつぶれちまえと、悪態をつく客までいる。

（このままじゃいけない。お客が愛想をつかさないうちに手を講じないと）

おけいは絞った布巾を裏庭へ運びながら考えた。

人に仕事を頼むのが苦手だったおしのも、いつまでも小商いと同じやり方では通用しないことを学んで、少しずつ変わろうとしている。

たとえば自ら注文に出向いていた米や小豆や砂糖などは、各店からご用聞きにきてもらうよう話をつけた。安い店まで買いに行っていた薪《まき》も、少しくらいなら値が高くてもかまわないからと、棒手振《ぼてふ》りの薪売りを呼び入れるようにしている。

任せられることは人に任せよう。今からでも菓子職人を雇って、自分は店主としての役目に専念すればよい――。

やっとその気になってくれたのは嬉しいが、肝心の菓子職人が見つからない。そもそも歳月をかけて見習いから育てた職人は、お店にとって宝も同然。しかも年末が近づく今の時期に、職人を手放す菓子屋があるとは思えなかった。

おけいが布巾を干しながら頭を悩ませていると、裏庭に面した吉右衛門の寝間から、おしのの声が聞こえてきた。

「失礼します。お茶をお持ちいたしました」

このところ毎日のように、おしのは八つどきの茶を吉右衛門のもとへと運んでいる。茶菓子として添えられるのは、菓子合せに向けて考案中の〈瑞雲〉である。

おしのの〈瑞雲〉は、薄く広げた干し柿《ほしがき》に白餡を塗り、巻き簾《す》を使ってくるくると巻き上げたものだ。それを切り分けて、空に棚引く雲のかたちに整える。見た目はよい感じに仕上がってきたが、まだ味に自信が持てずにいるのだった。

「いかがでしょう。昨日の白餡より甘くしてみたのですが」

「ふむ……」

気になったおけいは、そろりそろりと長屋の裏側の障子に耳を寄せた。

「餡としてはよい出来だろう。甘さ加減もちょうどいい。だが――」

続く吉右衛門の言葉は、これっぽっちも甘くなかった。

「干し柿の持ち味を引き出せているとは言えない。むしろ双方のよさを打ち消しあっているように思える」

「やはり、白餡が合っていないのでしょうか」

厳しい意見に、おしのの声が沈む。

最初の試し品では小豆の餡を使っていたのだが、色味の黒っぽい小豆餡では、仕上がりが重く垂れ込める雨雲のように見えた。そこで少しでも吉祥の雲に近づけるべく、白インゲン豆のつぶ餡を使うことにしたのである。

「栗はどうなったのかね」

「使うのをやめました」

菓子合せの申込書には、伸《の》した干し柿と餡とのあいだに、栗の甘露煮《かんろに》を粗く刻んで挟むと書いていた。しかし、色味のきれいな干し柿を厳選して使うためには、当初の見込みより仕入れが高くついてしまうことがわかった。

「ほうじ茶用の菓子は、卸し値が十文と決まっています。多少の足が出ることは覚悟のうえですが、あまり贅沢《ぜいたく》だと、ほうじ茶の折敷《おしき》にふさわしくありませんから」

安く手に入る干し柿もあるにはあるが、色味の悪いものが大半である。〈瑞雲〉には色鮮やかな干し柿を使いたいので、栗を併用することはあきらめたという。

「なら仕方あるまい。もっと工夫することだ」

「はい。ありがとうございました」

おしのが寝間から出て行く足音を聞いて、おけいもそっと裏口を離れた。

いつの間にか、菓子の味見は吉右衛門の役目になっていた。具体的な助言まで授けてはくれないが、おしのは吉右衛門の舌を信じて〈瑞雲〉に手を加えている。

まるで師匠と弟子のような二人のやりとりを、おけいは複雑な思いで見ていた。

吉祥堂の吉右衛門といえば、菓子の道一筋に生きてきた先達《せんだつ》である。その一方で、おしのの父親を死に追いやった当人であることも事実だった。

おしのが積年の恨みを水に流したというのなら問題はない。しかし――。

表にまわって寝間をのぞき、午睡をまどろむ老人の横顔を見ながら、おけいは考えずにはいられなかった。

(吉右衛門さんは気づいてらっしゃるのかしら。おしのさんが、吉祥堂の菓子職人だった喜久蔵さんの娘だということに……)

その日の夕方、逸平がやってきて、えびす堂まで一緒にきてほしいとおけいに頼んだ。

「お忙しいのにすみません。でも、権兵衛さんもいらっしゃるので、わたし一人で行くのは心細くて」

どうやら人見知りで恥ずかしがりの逸平は、皮肉屋の権兵衛が苦手らしい。

おけいは仕込みを手伝っている最中だったが、明後日に迫った二回戦に向けての相談があると言うと、おしのが気持ちよく送り出してくれた。

「あのぉ、権兵衛さんのお顔の傷なんですが……」

明神下へと続く坂道を歩きながら、恐々《こわごわ》として逸平が訊ねる。

「無法者と喧嘩して殴られた痕だって聞きましたけど、本当でしょうか」

「あれは餡がはねた火傷《やけど》の痕です。口は悪いし、つまらない冗談でからかったりもしますけど、悪い人ではありませんよ」

心ならずも権兵衛の取りなしをしているうち、えびす堂の店先についた。

店番をしているのは妹のカメだけで、ツルと権兵衛は奥の台所で待っていた。

「おっ、ちっちゃいのが二人そろってお出ましだ」

さっそく権兵衛が軽口をたたく。極端に背が低いおけいだけでなく、十歳にしては小柄な逸平まで膨れっ面になるのを見て、ツルが慌てて気をそらせた。

「呼び出してすまなかったな。ようやく西洋の〈角杯〉ができたから、見てもらえないか。もとの絵を知っているのは逸平さんだけだから」

林玄峯の蔵書を閲覧している逸平が、皿にのせて出された菓子を、あらゆる方向から眺めまわす。おけいも邪魔にならないよう菓子に見入った。

（すごいわ。絵で見たとおりにできている！）

ツルが焼いてかたちを整えた味噌煎餅は、小さな牛の角そっくりだった。その中に権兵衛の白餡が外へ溢れ出すかのごとく盛り付けられている。

「これ、いただいてもよろしいですか」

塾帰りで腹をすかせた逸平に、ツルが愛想よく応じる。

「もちろんだとも。まだたくさんあるから、おけいさんも食ってみてくれ。豪快に手づかみで齧《かじ》るのが一番美味い食べ方だよ」

目の前に出された〈角杯〉を、二人は手に取って齧りついた。

最初にパリッと小気味よい味噌煎餅の歯ごたえがあり、嚙《か》むごとにやわらかな白餡が口の中で混ざり合って、独特の風味に変わってゆく。

「どうだい？」

「美味《おい》しいです」

早くも二個目に手を伸ばしている逸平に代わって、おけいが答えた。

「甘じょっぱい味噌煎餅の味と、白餡の品のよい甘さが合っていると思います」

な、そうだろう、と、横合いから権兵衛が身を乗り出す。ツルも嬉しそうにうなずいたが、菓子を夢中で食べている逸平だけが首をかしげた。

「わたしは味見のお役には立てませんけど、見た目に関して、ひとつ意見を述べさせていただいてもよろしいでしょうか」

「おお、遠慮するな。何でもいいから聞かせてくれ」

身を乗り出す二人の若旦那に、逸平が口の端に餡をつけたまま言った。

「角杯のかたちは完璧だと思います。盛り付けもいいでしょう。でも、餡が……」

「おれの餡がまずいと言いたいのか！」

気色《けしき》ばむ権兵衛に、びくっと首をすくめた逸平が口をつぐんでしまう。

「ダメだよ、権さん。そんな怖い顔で迫られたら、言いたいことも言えなくなってしまう。助言をもらうために、わざわざきてもらったんだぞ」

すまなかった、続きを聞かせてくれとツルになだめられ、再び逸平が口を開いた。

「権兵衛さんの白餡はとっても美味しいと思います。ただ、角杯から金子がこぼれ出しているようには見えないと言いたかったのです」

たしかにそのとおりだと、おけいも思った。

角杯から溢れ出す白い餡は、控えめな鳥の子（たまご）色をしている。きらきらとした金子の輝きを思い浮かべるには、いささか無理があるようだ。

うーん、と腕組みをしてしまったツルと権兵衛も、じつのところ餡の色味については、話し合いを繰り返してきたのだという。

「金子らしく見えるように、権さんが芋餡《いもあん》も作ってくれたんだが……」

サツマイモで作った芋餡なら、黄金に近い色味が出せた。ただ残念なことに、味噌煎餅と芋餡はどちらも口の中で譲り合おうとせず、味にまとまりがなかった。これはいけないということで、最後は風味のやさしい白餡に落ち着いたのだった。

見た目と味を天秤《てんびん》にかけ、味のほうに重きを置いたということだが、それで菓子合せの二回戦に通用するとは思えなかった。なにしろ三十軒の店が持ち込む菓子の実物を見て判定を下すのは、あのお妙なのだから。

「お妙さまなら、味の良し悪《あ》しは当然のこと、お菓子の見た目にも相当のこだわりを持って判定に臨まれると思います」

わずか数か月とはいえ、お妙の相談役として〈くら姫〉に身を置いたおけいは、お蔵茶屋に出入りを許されようと苦心する菓子屋の執念も知っていた。

「二回戦に臨まれる三十軒のお店は、お妙さまのご気性や好みについても調べているはずです。どれほど味がよくても、見た目が〈宝尽くし〉のお題に合っていない菓子では、見込みがないことも承知しているでしょう」

おそらくどの店も、持ち出し覚悟で卸し値よりも高くつく菓子を用意してくるだろう。たとえ一か月のあいだ、身銭《みぜに》を切って月替わり菓子を卸し続けたとしても、江戸中の話題となることを考えれば安いものだからだ。

「早い話が、二回戦に半端な菓子など持ち込んでも無駄だと言いたいんだな」

「すみません。失礼な言い方になりましたが……」

おけいは消え入りそうな声で詫びた。

「もういい、わかった」

苦虫を百匹も嚙みつぶしたような顔をして、権兵衛が立ち上がった。

「そこまで言うなら、おれにも意地ってもんがある。上等じゃねぇか。あと二日のうちに金子がざくざく溢れているようにしか見えない餡を作ってやるよ」

そのまま土間に飛び下り、振り返りもせず外へ飛び出す。

「あっ、権兵衛さんっ」

追いかけようとするおけいの肩を、ツルがつかんで引きとめた。

「放っておいてやれ。あれは、おけいさんに怒っているわけじゃない。俺もそうだが、考えの甘い自分に腹を立てているだけさ」

夕闇《ゆうやみ》の迫った薄暗い台所に、逸平が四個目の菓子を咀嚼《そしゃく》する音だけが、ぱりぱり、ぱりぱり、響いていた。

「では行ってきます。慎吾はお留守番をお願いしますよ」

「行ってらっしゃいまし。お気をつけて」

黒羽《くろは》二重《ぶたえ》の羽織を着たおしのが、〈くら姫〉へ向かうべく店を出た。

二回戦の菓子を持ち込むのは日没後と定められている。すでに暗がりとなったおしのの足もとを、おけいは提灯《ちょうちん》で照らして歩いた。初戦の申し込みのお供をして、よい結果を得られたことから、今回も一緒にきてほしいと頼まれたのだ。

「間に合ってよかったですね」

「ぎりぎりまで迷ってしまいましたが、その甲斐《かい》はあったと思います」

おしのが大事そうに抱えた包みの中には、ようやく完成した〈瑞雲〉が入っていた。

あれこれと試した末、干し柿と白餡のあいだに、刻んだ栗ではなく砕いたクルミを入れることにした。たとえ少量でも炒《い》ったクルミの香ばしさが加わることで、ぼんやりしていた味にメリハリがついたと、吉右衛門も認める出来栄えだ。

ここ数日、吉右衛門は目に見えて元気になった。まだ髪はざんぎりのまま、ごま塩の髭《ひげ》も伸び放題だが、寝間着ではなく紬《つむぎ》の綿入れに着替えて、昼間の大半を座って過ごしている。あと四、五日もすれば、本格的な床上げができるだろう。

（おしのさんのお菓子を、毎日召し上がったお蔭かしら）

菓子の食べ歩きを日課にしていたという吉右衛門にとって、美味しい菓子は名医の薬にまさるのかもしれない。そんなことを考えるうち、紺屋町にさしかかった。

お蔵茶屋の裏道では、闇の中にいくつも提灯の明かりが揺れ、大事な菓子をたずさえた菓子屋たちが、黒塀のくぐり戸から出入りしている。

その中に見知った顔を見つけて手を振ると、向こうも手を振り返してきた。

「こんばんは、えびす堂さん。笹屋さんもご苦労さまです」

「どうも、志乃屋さん。お先に納めてまいりました」

おしのとツルが挨拶をしている隙に、権兵衛が下唇を突き出しておけいをからかった。

おけいも負けじと、あっかんベーをして返す。

「それで、手応えはいかがですか」

ツルが頭をかきながら、おしのに白状した。

「名だたる菓子屋に囲まれて、すっかり心もとなくなりました。吉祥堂さんなんて、豪華な金蒔絵《きんまきえ》の菓子箱を納めていましたから」

「新しいご店主が来られていたのですね」

そのとおりだと答えたあとに、ツルが声をひそめた。

「えらく目立つ女ですよ。顔を真っ白に塗りたくって、年甲斐もない派手な小袖《こそで》を着ていました。あれが吉祥堂の店主だと聞かされて、俺も権兵衛もびっくりです」

「おっ、見ろ。その悪目立ちが出てきたぞ」

おけいとふざけ合っていた権兵衛が、くぐり戸を指さした。

小橋を渡って裏通りまで出てきたのは、前にも同じ場所で見かけた派手な女——吉祥堂八代目店主のお美和だった。

お美和は前回とよく似た派手な総模様の衣装を着て、頭には銀細工のびらびらかんざしを三本も挿していた。うしろに続く母親も、やはり季節を外した八重桜の小袖をまとった、童女のようないでたちである。

(どこのご店主も、今夜は黒い羽織をつけているのに……)

この母娘には、時と場所に応じた身仕舞《みじま》いをするだけの素養がないのか、どこであろうと自分好みの衣装で出かけると決めているのか、あるいはその両方か——。

いずれにしても、名店の誉《ほま》れ高い吉祥堂の顔としていかがなものかと、首をかしげて見ているのは、おけいだけではないはずだ。

他人の目など歯牙《しが》にもかけない様子の母娘は、水路脇に待たせてある宝泉寺《ほうせんじ》駕籠《かご》のほうへと歩きながら、はばかりない話をはじめた。

「やーれやれ、やっと堅苦しい用がすんだわね。たかが菓子を納めるだけで、仰々しいったらありゃしない。あんた一人でこと足りたじゃないの」

あんた呼ばわりされたのは、お美和の婿となった大番頭の市蔵である。

「ここで話すことではないだろう。しかも大きな声で……」

少しはわきまえるよう促す市蔵のうしろから、もうひとつの遠慮ない声が響く。

「どうでもいいじゃないか。茶番も終わったことだし、いつもの店で一杯やろう。こんな冷える晩は燗酒《かんざけ》と小鍋《こなべ》にかぎるよ」

肉付きのよい母と娘を乗せた二丁の駕籠が、ぎちぎちと重そうに揺れながら東を目指して遠ざかる。ひとり残された大番頭だけは、店に戻るよう駕籠かきに命じて、日本橋へと去っていった。


二回戦の結果は、二十日の昼に書面で知らされた。

今回も志乃屋が首尾よく勝ち抜け、十二月十二日の決戦に残ることが決まったと聞いて、長屋のおかみさんたちが店に押しかけた。

「おめでとう、女将《おかみ》さん」

「あんた、本当にすごい人だね。売り子のあたしらまで鼻が高いよ」

「ありがとうございます。みなさんのお力添えのお蔭です」

口々に祝いを述べる女衆に礼を言いながらも、おしの自身はさして喜んでいるようには見えなかった。むしろ淡々と明日の仕込みを進めている。

師走《しわす》の決戦で勝利をおさめ、正月の月替わり菓子のご用を務めることしか念頭にないおしのにとって、二回戦は道半ばの標石《ひょうせき》にすぎないのだ。

おけいも予選の結果を知ったときのように跳ねまわったりはせず、普段どおりの役目に徹すると決めて、隣家の様子を見にいった。

「ご隠居さま、お加減はいかがですか」

暖かい綿入れを着た吉右衛門は、手あぶり火鉢の前に姿勢よく座っていた。もう昼間から横になることもなく、床上げしたと言ってもいいだろう。

「気分はいい。外に付き合ってもらえるかね」

「承知いたしました」

おけいが用意した手ぬぐいで頭を隠すと、吉右衛門は鶏《とり》ガラのような足に力をこめて立ち上がった。そろそろ弱った足腰を鍛えるようにと、様子を見にきた狂骨から指導を受けたのである。

「ようやく静かになりましたね。さっきはえびす堂のツルさんがきて、〈角杯〉も決戦まで残ることになったと報告して帰られたのですよ」

老人の世話をするとき、おけいはいつも他愛ないおしゃべりをした。世間話のほかに、自分の生い立ちや、下谷の出直し神社のことなども聞かせた。

一度だけ、吉右衛門に訊ねられるまま、志乃屋の店主について話したことがあった。

十四歳で奉公に出たおしのが、まだ幼いお妙の子守りをしたことや、木戸番の亭主と死に別れたのち、露店で売った駄菓子が、お蔵茶屋の店主に成長したお妙の目にとまったことなどは話したが、吉祥堂との因縁については触れなかった。

　表通りを往復して長屋に戻ると、おしのが茶を用意して待っていた。

「お帰りなさい。今日のお茶菓子は州浜をご用意させていただきました」

　二回戦のあと、まだ〈瑞雲〉の試作ができていないのだという。

「えっ、でも、あのお菓子はもう完成ではなかったのですか」

　驚くおけいの前で、おしのが神妙な顔をした。

「新たな申し込みを書いて出せば、師走の本番までに菓子を作り変えてもいいそうです。お蔵茶屋から届いた文にそう記してありました。つまり――」

　どの店の菓子にも改善の余地がある。もっと工夫を凝らしなさいと、それぞれの菓子を吟味したお妙が言っているのだ。

「さっきの口ぶりから考えて、えびす堂さんは新しい餡で挑むつもりです。今回選ばれたすべての店が、よりよいものに変えてくるでしょう」

『こうなったら、とことん知恵を絞るだけです』

　お蔵茶屋の文を握りしめたツルは、頰を紅潮させながらも冷静だった。

『うちは小店です。煎餅よりほかのものは作れないし、それは権さんだって同じことだ。餡屋の仕事に差し障るような無理はさせたくないんです』

今回の勝負では、権兵衛がサツマイモを薄い小判形に抜き、油で揚げたものを白餡に散らして〈角杯〉の金子に見立てた。美しい仕上がりのお蔭で二回戦を勝ち上がることはできたが、かなり手間暇のかかる作業であることは否めなかった。

師走の決戦でえびす堂が勝利をおさめ、お蔵茶屋の月替わり菓子として〈角杯〉を卸すことが決まれば、権兵衛に大きな負担を強いることになってしまう。

『背伸びはやめます。でも、次はもっとうまい工夫を考えてみせますよ』

そう言い残して、ツルは明神下へと戻っていった。


おしのの話を聞いていた吉右衛門が、州浜をつまみながら言った。

「えびす堂さんに、菓子の名前も考えておくよう伝えてやりなさい。単に〈角杯〉と呼ぶのは感心しない。ふさわしい名を菓子に与えるのは大事なことだ」

「承知いたしました。で……」

自分も何かしら助言がもらえるのではないかと、おしのは期待しているようだったが、吉右衛門が口にしたのは別のことだった。

「この州浜はじつに美味い。早々に売り切れるだけのことはある」

「ありがとうございます。州浜は子供のころ父に作り方を教わって、志乃屋をはじめるきっかけになった思い入れの――」

話の途中だったが、表戸が引かれる音に一同がそちらを向いた。

「ちょっと邪魔させてもらう」

「あっ、依田さま。お役目ご苦労さまです」

若い定町廻り同心が入って来たのを見て、おけいが素早く場所を譲る。

「吉右衛門さんに用があったのだが、まずは志乃屋さん、おめでとう」

女店主に祝いの言葉が述べられた。いっせいに読売がばらまかれたことで、菓子合せの決戦に残った店の名が知れ渡っているのだ。

「ありがとうございます。では、私は明日の仕込みにかかりますので」

早々に席を立とうとするおしのを、丑之助が引きとめた。

「いや、あんたにも聞いてもらったほうがいい。ほかでもない、乱暴な手口で吉右衛門さんを追い出した連中の話だ」

引き続き下っ引きの留吉を使って吉祥堂を探らせていたという丑之助は、言いにくそうに太い眉《まゆ》をひそめた。

「吉右衛門さんの前だが、店主のお美和と、母親のお栄、どちらもえらく評判が悪い」

「………」

顔色ひとつ変えない元店主を見て、丑之助が先を続ける。

「お美和は菓子について何も知らないばかりか、商いにも興味を示さないそうだ」

奉公人たちにしてみれば、素人《しろうと》に口を出されるより、自分たちで商いをまわすほうがやりやすい。だがお美和は、お飾り店主としての役目すら果たそうとしなかった。得意先との話し合いや接待も大番頭の市蔵に任せ、自分は母親と連れ立って、昼夜を問わず上等の駕籠を乗りまわして遊びほうけているという。

「お気に入りの役者を芝居茶屋に呼んで大騒ぎをしたかと思えば、まだ雪も降らないうちに、雪見と称して屋形船をしたてる。その程度なら裕福な店主の道楽として、世間も大目に見てくれたかもしれないが……」

お美和とお栄は、やることなすこと老舗《しにせ》の店主とその母親としての品格に欠けていた。派手な格好で店表に出入りし、耳をふさぎたくなる下卑《げび》た言葉を売り場にとどろかせては、客の度肝を抜く。そればかりか、人目もはばからず遊興の場にも出入りした。

「さすがにそれだけは勘弁してくれと、大番頭だけでなく中番頭や小番頭まで頭を下げて悪所通いをやめさせたが、今度はももんじ屋に通いはじめた」

「えっ、ももんじ……」

おけいとおしのが顔を見合わせた。

ももんじとは、イノシシやシカやタヌキなどの獣を指す言葉で、ももんじ屋はそれらの肉を料理して食べさせる店だ。

生類憐《しょうるいあわれ》みの令が布《し》かれて肉食がご法度《はっと》になった元禄《げんろく》期以降、江戸の人々が獣の肉を口にする機会は少なかった。禁忌がゆるくなった昨今では、イノシシの肉を山クジラと称して食べさせる店や、肉の鍋を売りにしている料理屋を見かけるようにはなったが、昼間からももんじ屋に出入りする女は珍しい。

女が猪鍋《ししなべ》を食べてはいけないとは、おけいも思っていない。しかしながら、わずかな香りの違いにこだわって何種類も小豆を買いそろえている菓子屋の店主が、獣脂のにおいを身にまとわせて歩くのはいかがなものか。

「ところで、吉右衛門さん」

丑之助が話題を変えた。

「菓子合せの決戦の顔ぶれは知っているかい」

吉右衛門が黙って懐から取り出したのは、九軒の店の名を挙げた読売だった。抹茶の折敷用の菓子を競う三軒の筆頭として、吉祥堂の名前もそこにある。

「お美和はともかく、大番頭は決戦に勝って店の売り上げを伸ばしたいようだが、肝心の菓子は職人に丸投げだと聞いた」

「当然でしょうな」

端《はな》からわかっていたことだと、老人は軽く受け流した。

「お美和は遊ぶことしか考えていません。大番頭になった市蔵には、手代のころから算盤《そろばん》と証文書きだけをさせてきましたから」

どちらも菓子について素人である。ただ、店には自分が育てた腕のいい菓子職人がそろっているので、職人たちに任せていれば当面は安泰だという。

「――で、あんたは、これからどうするつもりだい」

ようやく丑之助の話が本題へ移った。

世間的には箱根へ湯治に出かけたことになっている吉右衛門だが、実際は墓場に捨てられ、身内と奉公人に店を乗っ取られたのだ。

「筋書きを書いたのは、市蔵で間違いないだろう。商いのことなど何も知らないお美和をお飾りの店主に据え、自分が大番頭にのし上がって店を牛耳《ぎゅうじ》ることにしたんだ」

古参の大番頭と中番頭は、それぞれ暖簾分けとして麹町と富岡八幡宮前の出店をもらう約束で目をつぶった。吉右衛門の髻を切って墓場に置き去りにしたのは、前から市蔵に目をかけられていた手代頭である。いずれは自分たち夫婦の養子として店を継がせるなどと、甘い言葉で丸め込まれたらしい。

「たちの悪い連中だよ。狂骨先生のもとへ運ばれていなければ、あんたは間違いなく墓場で死んでいた。このまま泣き寝入りをしていいのか」

自分が生きていることを示して店主の座に返り咲くか、せめて隠居としての身分と暮らしを約束させるべきではないのかと、丑之助が熱心に説いた。

ところが肝心の吉右衛門は、自分の痩せた指先を見つめてつぶやいた。

「あいにくそんな力は残っておりません。わしは身内と奉公人に店を追われた哀れな年寄り。あの連中にひとりで立ち向かうなど……」

いっそ墓場で死んだほうがよかった、少なくとも人さまにご厄介をかけずにすんだものを、などと己を嘲《あざけ》っている。それを聞いたおけいは、ほんの半月前まで因業な店主として吉右衛門を見ていたことも忘れて立ち上がった。

「あきらめないでください、ご隠居さま。だってまだ――」

「そのとおりです。まだやれることはあります！」

続く大声に、おけいだけでなく、丑之助と吉右衛門も驚いて顔を振り向けた。

「あちらの言いなりになってはいけません。吉祥堂は七代続いた老舗です。しかも吉右衛門さんが生涯をかけて育て上げた店ではありませんか」

おしのがこれほど力を込めて話すところを見るのは初めてだった。自分の店を持つと決めたときでさえ控えめな態度を貫いたというのに、おけいが途中で言葉を呑み込んだことにも気づかず、ひと息にしゃべり立てた。

「おひとりで立ち向かえとは申しません。ここへお連れすると決めたときから、覚悟はしておりました。気弱で頼り甲斐のない女ですが、力のかぎりお支えいたします」

「思い切って吉祥堂に乗り込んでみてはどうだ」

細い目をぱちくりさせる老人を、丑之助が面白そうにのぞき込んだ。

「頼もしい味方がいるじゃないか。なあ、吉右衛門さん」

おけいも大急ぎでおしのの傍《かたわ》らに這《は》い寄り、畳に両手をついた。

「わ、わたしも。わたしもお力に！」

◉

日本橋通町の四《よ》つ辻《つじ》で、おけいはうしろを振り返って手招きした。

「頃合いのようです、おしのさん」

「わかりました。さあ、ご隠居さま、まいりましょう」

駕籠から降り立った吉右衛門が、思いのほかしっかりした足取りで歩きだした。

その先にある吉祥堂には、今日も大勢の客が出入りしている。かつて自分のものだった店の前で立ち止まると、吉右衛門は折り鶴紋の暖簾を見上げて佇んだ。

「よろしいですか、ご隠居さま」

「大丈夫だ」

先に暖簾をくぐったおけいが、買いもの中の客と、その応対に追われる手代や小僧たちに向かって声を張り上げた。

「皆さぁん、ご隠居さまのお戻りでございますよぉ」

一斉にこちらを向く面々の中には、おけいのよく知る顔もまじっている。そちらに目配せをしていると、血相を変えた若い手代が飛び出してきた。

「こ、これはいったい、どういうことでございますか」

「いま戻った」

吉右衛門が口の端に微《かす》かな笑みを浮かべて応じる。

「わしが留守のあいだに、手代頭まで引き上げられたらしいな」

二の句が継げない手代頭のうしろから、今度は店の印半纏《しるしばんてん》を羽織った男がゆっくり歩み寄った。いつぞやお蔵茶屋の前で見かけた大番頭の市蔵である。

「いらっしゃいませ。失礼ですが、どちらのご隠居さまでございましょう」

中肉中背で目立たない風貌《ふうぼう》の市蔵は、あくまでうやうやしく、そして空々しく、もとの主人に向かって訊ねた。

「ほう……顔を忘れるほど長く箱根にいたつもりはないのだが、髪を落としたのがいけなかったかな」

吉右衛門はかぶっていた頭巾《ずきん》を取って、つるつるの頭をなでて見せた。髷を切られたままでは格好がつかないからと、いさぎよく剃髪《ていはつ》してしまったのである。

ひどく痩せていることもあり、伸び放題だった髭をきれいにあたった姿は、断食修行を終えた高僧のようにも見えた。身につけている着物もみすぼらしい単《ひとえ》ではなく、仕立てのよい袷《あわせ》と綿入れの上着だ。

（これなら物乞い呼ばわりして、追い出すことなんてできないでしょう）

さあ、どうだ、と言わんばかりに下からにらみつけるおけいの前で、往生際の悪い大番頭は、なおも白を切ろうとする。

「いったい何のことやら。うちのご隠居さまでしたら、まだ当分あちらで湯治を続けるかと、昨日も文が届いたばかりで――」

そのとき、おけいの目配せを受けた夫婦連れの客が、商品棚の前から歩み寄った。

「吉右衛門さんではございませんか。お元気そうで安心いたしました」

「本当に先代のご店主だわ。いつ江戸へお戻りに？」

いかにも親しげに話しかけたのは、小柳町《こやなぎちょう》の袋物問屋・茜屋店主の茂兵衛と、奥方のお松である。

「少し前に戻っていたのですが、仔細《しさい》あって、こちらの志乃屋さんのお宅で世話になっておりました」

ぴたりと寄り添って肘《ひじ》を支えているおしのを、吉右衛門の目が優しく見やる。

「あらまあ、お久しぶりでございます」

また別の客が話の輪に加わった。

「これは平野屋《ひらのや》のお涼《りょう》さま。わざわざご来店ありがとうございます」

平野屋は大伝馬町《おおてんまちょう》に店を構える太物《ふともの》問屋だ。そこの大おかみであるお涼が、左右に従えた男の児《こ》を交互に見ながら言った。

「この子らが、どうしても阿蘭陀《オランダ》巻きが食べたいなんて言うものですから、たまにはお店に出向くのも悪くないと思いましてね」

お涼の孫の光太郎《こうたろう》と、その親友の逸平が、こちらを見て悪戯《いたずら》っぽく片目をつぶる。

「………」

苦々しげに黙り込む大番頭を見て、おけいは胸のすく思いがした。

助っ人にきてくれた茜屋と平野屋は、どちらも江戸で名の知られた大店で、吉祥堂にとっても上得意のお客さまである。そこの店主と大おかみが親しく挨拶を交わした老人を、もうどこかの馬の骨だと言い張ることはできないだろう。

（うまくいった。これで本物の吉右衛門さんとして話を進められる）

ところが喜んだのも束《つか》の間《ま》、店の中に粗野な女の声が響いた。

「ちょいと市蔵、何をまごついているのさ。爺《じい》さんが帰ってきちまったのなら、この証文を客の前で読んでやりゃいいじゃないか」

上菓子屋に不似合いな物言いとともに現れたのは、八代目店主のお美和だった。

今日のお美和は一段と派手な装いだった。朱色の地に琵琶《びわ》や琴を描いた打ち掛け姿で、おまけに吉原の花魁《おいらん》かと言いたくなるような太帯を前結びにして垂らしている。

珍妙な景色に静まりかえった店土間で、市蔵が言いつけどおり証文を読み上げた。

(何それ、どういうことなの……)

おけいは聞いている途中から、怒りで手足が震えだした。

吉右衛門が代替わりの当日に用意したとされる証文には、新しい店主の座に義理の娘のお美和を据えるという取り決めに加え、次のような覚え書きが添えられていた。

――吉祥堂の身代および店屋敷も、本日をもってお美和に譲る。先代店主の吉右衛門は神田鍋町の旧店に隠居し、今後いっさい店に立ち入らないものとする――

誰が聞いてもお美和たちに都合のよい内容である。そもそも流行り風邪で死の淵《ふち》をさまよっていた吉右衛門に、こんな証文が書けるはずもない。

「わしの知らぬことだ」

怒りを押し殺す吉右衛門を見て、市蔵があからさまな喜色を浮かべる。

「おやおや、ご隠居さまはお忘れのようだ。手前だけでなく、当時の大番頭さんや中番頭さんたちの前で判までつかれたのですよ。ほら、このとおり」

目の前に突きつけられた証文には、店の朱印と並んで、吉右衛門のものと思われる爪印《つめいん》が押してあった。

「お疲れになったでしょう。しばらく横になられたほうがよろしいのでは」

おしのが駕籠に揺られて帰りついた老人を気づかう。だが当人は思いのほか元気そうで、横に置かれた風呂敷《ふろしき》包みを指さして言った。

「わしは大丈夫だ。それより荷をほどいてもらえるかね」

「承知いたしました」

おけいが広げた風呂敷から出てきたのは、吉右衛門の衣類だった。思い出しても腸《はらわた》が煮える吉祥堂での一幕のあと、行きがけの駄賃として引き上げてきたのである。

「助かった。これでもう着るもので迷惑をかけずにすみそうだ」

破れた寝間着一枚で担ぎ込まれた吉右衛門は、下着に袷の着物、綿入れ、帯から下駄《げた》に至るまで、すべておしのに工面させてしまったことを気に病んでいたらしい。

「迷惑だなんて思っておりませんが、お召物を取り戻せてようございましたね。とくにこの色目は、昔からよくお似合いでしたから」

おしのが懐かしそうに、郡上紬《ぐじょうつむぎ》で仕立てられた着物と羽織を引き寄せた。

上品な水浅葱《みずあさぎ》色の布は、吉右衛門が織元から取り寄せているもので、四十年近くも寸分たがわぬ着物に仕立て続けている。今ではこれを見ただけでどこの誰と知れるほど、人の目にも馴染んでいるのである。

（よかった。ひどいことを言われて、また寝込んでしまわれるかと心配したけど、ご隠居

さまはへこたれていない）

吉祥堂の大番頭に談判し、隠居の着物を風呂敷に詰めるだけ詰め込んで持ち帰った
おけいは、お気に入りの袷を羽織る姿に胸をなでおろした。

「急ぐことはありません。ご隠居さまには年が明けるまで……いいえ、なるべく長くうちでお過ごしいただきたいと思っていますから」

おしのもまた、吉右衛門が自分のもとに戻ったことを喜んでいるようだった。

先のことはゆっくり考えればよい。今は菓子合せの勝敗の行方を見守りながら、これまでどおり養生《ようじょう》してもらいたい。そんな話をしているところへ、慎吾が三人分の茶碗と土瓶を持って現れた。

「女将さん、お茶をお持ちいたしました」

「まあ、ありがとう。気が利きますね」

茶盆を置いて下がろうとした慎吾は、見慣れない着物を羽織った吉右衛門の姿に、はたと足を止めた。

「そのお召物は……」

食い入るように水浅葱色の着物を見つめたまま動こうとしない。

それが吉祥堂から引き上げた本人の着物だと知ると、慎吾は日ごろの行儀のよさをかなぐり捨てて座敷に上がり、吉右衛門の前に両手をついた。

「ご隠居さまだったのですね。あのとき、お供えの薯蕷饅頭《じょうよまんじゅう》を恵んでくださったのは」

「お供え？」

首をかしげた吉右衛門だったが、すぐに思い当たったようだ。

「もしや、墓前に置いた饅頭の包みを持ってゆこうとした、あの子供が――」

「わたしでございます」

畳に額をこすりつける慎吾を見て、おけいも前に聞いた話を思い出した。

今から三年前のこと、小石川の竹林で暮らしていた慎吾は、死期が迫った母親のため、墓所に供えられていた吉祥堂の薯蕷饅頭を盗もうとした。ところが供えものをした老人が引き返してきて鉢合わせになり、慎吾の父親に土下座をされた老人は、その場に饅頭を残して立ち去ったのだった。

「その節はありがとうございました。ご隠居さまのご温情のお蔭で、母は念願の薯蕷饅頭を口にして旅立つことができました」

慎吾はそこから今に至るまでの経緯を、恩人に話して聞かせた。

吉祥堂の薯蕷饅頭に感銘をうけ、自分も菓子職人になる決心をしたと知って、吉右衛門は目の前の少年に手を伸ばした。

「あのときのご浪人さまの子が、よもや菓子屋の小僧になっていようとは……」

「ずっとお会いしたいと思っていました。お顔はよく覚えていなかったのですが、アオサギみたいな珍しいお召物の色だけは、この目に焼き付けていたのです」

まさか吉祥堂の店主その人だとは夢にも思わなかったと、慎吾が自分に向かって伸ばされた手を押しいただく。

（きっと、神さまが引き合わせてくださったのだ）

感じ入るおけいの前で、かたく握りあう老人と少年の手の上に、志乃屋の女店主の手が重ねられた。

◘

十一月もあと数日で終わろうとしていた。

おけいは志乃屋に残り、下働きのほかに菓子の下拵《したごしら》えや売り場の仕事も手伝っている。

忙しい日々の合間に頭をよぎるのは、うしろ戸《ど》の婆《ばば》に授かった言葉だ。

『まだ宝さがしは終わっていないからね。最後まで見届けておいで』

婆の言う『宝』が何を指すのか、肝心なところがわかっていない。菓子合せのお題は宝尽くしだが、その結果を見届けろという意味ではなさそうだ。

菓子合せといえば、おしのの〈瑞雲〉はまだ完成していなかった。このままでは決戦に通用しないと吉右衛門に評され、餡の材料を変えるなどの工夫を重ねている。

一方、えびす堂の〈角杯〉は、着々と完成に近づきつつあるようだ。

『ほうじ茶用の菓子では志乃屋さんが一番を取るだろうと、大方のやつらは噂している。けど、おれたちだって負けないからな』

納得のゆく餡を仕上げることができたのか、珍しく機嫌のよい権兵衛が、報告ついでに湯気の上がるサツマイモを大笊《おおざる》に盛って差し入れてくれた。

買い置きをひと思いに茹《ゆ》でてしまったというサツマイモは、おしのの手で芋ご飯となって、その日の夕餉《ゆうげ》に供された。

「茹でたおイモと熱いご飯をまぜただけで、美味しい芋ご飯になるのですね」

生の芋を米と一緒に炊いたものしか知らなかったおけいは、こんな作り方があると知って驚いた。

「木戸番小屋にいたころは、店で売れ残った焼き芋をこうやって食べていたのですよ」

懐かしそうに芋ご飯を味わっていたおしのが、ふと箸《はし》を止めた。

「そうだわ。買い置きを全部茹でてしまったということは、もうえびす堂さんは、菓子合せにサツマイモを使わないつもりでしょう」

二回戦の〈角杯〉には、小さな小判形に切って揚げたサツマイモが散らされていたが、それとは違う方法を権兵衛が考えたということだろう。

「だったら、うちの〈瑞雲〉にサツマイモの餡を使ってみようかしら……」

今の白餡よりも、芋餡のほうが干し柿との相性がいいかもしれない。

箸を持ったまま思案するおしのを、吉右衛門が軽くたしなめた。

「飯のときくらい菓子から離れなさい。せっかくのカレイを上の空で食べるのは、贈ってくださった茜屋さんに失礼だ」

夕餉の箱膳《はこぜん》には、もうひとつの到来物であるカレイの一夜干しがのっていた。吉右衛門への見舞いの品として、茜屋の茂兵衛が寄越《よこ》したのだ。

申し訳ございませんと詫びるおしのの隣で、慎吾が三杯目の茶碗を空にして言った。

「ご隠居さまも、〈ひもくの魚〉がお好きなのですね」

「ほう、おまえは難しい言葉を知っているね」

狂骨に教わったのだと答える慎吾は、首をかしげるおしのにも、カレイやヒラメのような目が片側にしかない魚を〈ひもくの魚〉と呼ぶことを教えた。

「比目魚《ひもくぎょ》は二匹が合わさってようやく一人前に泳ぐことができます。それで仲のよい夫婦のたとえに使われるのだそうです」

以前おけいも聞いた知識が再び披露されたところで、誰かが表戸を開けた。

「あら、差配《さはい》さんだわ。ちょっとお待ちください」

差配とは家主に代わって貸家を管理する者のことである。おしのが来月分の店賃《たなちん》を渡そうとすると、まだ若い差配は冬だというのに額の汗をぬぐって言った。

「店賃の催促ではありません。誠に申し上げにくいのですが、じつは――」

志乃屋が借りている二軒分の長屋を、来月から別の者に貸すことになったという。

「まさか、ここを出ろと……？」

「今月いっぱいで立ち退《の》いていただきたいのでございます」

奥で聞いていたおけいは、慎吾と顔を見合わせた。

吉右衛門も干物をほぐす箸を止めて、土間での会話に耳を澄ませている。

「そんな……無茶です。だって今日はもう二十六日ですよ！」

普段は大人しいおしのに声を荒らげられ、差配は困りきった顔で後ずさった。

「私もそう申し上げたのですが、家主の盛田屋《もりたや》さんが、今月かぎりで出ていってもらえとおっしゃるのです」

家主の側にも言い分はあった。早朝から志乃屋に押し寄せた客が、菓子が売り切れるたびに騒ぎたてるのはまわりの住人に迷惑である。しかも近ごろでは夜中過ぎまで竈《かまど》の火を焚《た》いている。いつ火事を起こすか気が気ではない。

「たしかにいろいろとご迷惑をおかけしています。でも――」

近所の住人たちとはうまくやっているつもりだし、つい先日は家主の盛田屋本人が、志乃屋のお蔭で糸瓜長屋が活気づいたと言って喜んでいたのだ。

「お気の毒ですが、もう決まったことです」

早々に話を打ち切り、差配は逃げるように帰っていった。

翌日の午後、町駕籠から降りた吉右衛門が、うしろを歩いてきたおしのとおけいを振り返って言った。

「この家だ。すっかりあばら屋になってしまったが……」

感慨深そうな老人の前にあるのは、かなり年季の入った店屋敷だった。鍋町の裏通りに面した間口三間《けん》（約五・四メートル）の二階家で、店構えとしてはまずまずだが、あばら屋と呼ぶにふさわしい傷み具合である。

「中がどうなっているのか、わしにもわからん。でも覚悟したほうがいい」

何を覚悟するのか見当もつかないまま、閉め立ててあった板戸をすべて外すと、南向きの店土間に陽の光が差し込んだ。

「まあ、ひどい！」

おしのが小さく叫び、おけいも自分の目を疑った。

店土間とその奥に続く座敷までが、大量のごみで埋め尽くされていたからである。

「――行こう」

怯《ひる》む女たちより先に、手ぬぐいで鼻と口を押さえた吉右衛門が一歩を踏み出す。

どこから湧《わ》いて出たのかと思うほどのごみの量だった。とくに目立つのが酒樽《さかだる》と仕出し弁当の空き箱で、破れた番傘に丸提灯、桶《おけ》や竹笊、瓦版《かわらばん》らしき丸めた紙、まだ十分に使えそうな履物《はきもの》もあちこちに転がっている。

ようやく板座敷までたどり着くと、その奥に続く畳座敷も、廊下も、一番奥にある広い台所も、店土間と同じか、もっとひどい有様であることがわかった。

「やれやれ、噂には聞いていたが、これほどとは思わなかった」

ごみの海に浮かぶ島のような竈を見て、吉右衛門が嘆息した。

この汚辱まみれの店屋敷こそ、日本橋へ移る前に商いをしていた吉祥堂の旧店だった。吉右衛門が書いたとされる証文には、ここを自分の隠居家とする旨が記されていたが、つい先月まで奥方のお栄と義理の娘のお美和が住んでいたという。

「あの二人をここに置いたのが二十四年前。自堕落な暮らしぶりを知りつつ、好き勝手にさせていたらこのざまだ」

二十四年ものあいだ、お栄とお美和は一度もごみを出したことがなかったのかもしれない。積もりに積もった不要なものは、二階の座敷にも詰め込まれていた。

「ここを志乃屋さんに使ってもらおうと思って連れてきたのだが、残念ながら人の住めるところではないようだ」

昨夜から何度も家主のもとへ出向き、せめて年末まで今のまま置いてくれと頭を下げても断られていたおしのに、鍋町の旧店へ行ってみようと誘ったのは吉右衛門だった。

「盛田屋さんが手のひらを返したのは、おそらく市蔵の差し金だ。これ以上わしに肩入れしないよう、志乃屋さんに釘《くぎ》を刺したつもりだろう」

盛田屋の本業は刷り屋である。商いで使う包み紙に色や模様をつけるのが主な仕事で、一番の得意先である吉祥堂の頼みを断れなかったらしい。

「市蔵だけではない。お栄とお美和は、わしに仕返しがしたかったのだろうな」

またしても吉右衛門が大きなため息をついた。

女二人が住むには十分すぎる広さとはいえ、ここは捨てられた旧店である。月々の手当にしても、衣食の費《つい》えのほかに芝居見物ができるほどの額は渡していたというが、派手で遊び好きな母娘には物足りない暮らしだったと思われる。

だから市蔵の話に乗った。今度は自分たちが日本橋の店で華やかに暮らし、旧店に追いやった吉右衛門にみじめな老後を過ごさせて、意趣返しをするつもりなのだ。

（それにしても、どうしてご隠居さまは、二十年以上もご家族を遠ざけてきたのかしら。困った人たちなのはわかるけど……）

吉右衛門の真意も気になるところだが、今はそこを掘り下げている場合ではなかった。ごみで埋まっているとはいえ、もとが菓子屋だったこの店屋敷には、志乃屋にとってよい条件もそろっているのだ。

「すぐに掃除をしましょう。今から取りかかれば間に合います」

「簡単ではないよ、おけいさん」

ごみの山を見まわす吉右衛門の横で、おしのもあきらめ顔である。

「そうですね。今日はもう二十七日。店売りは休むとしても、月末までお蔵茶屋に月替わりの菓子を納める仕事がありますから」

とうてい無理だと肩を落とす二人に、おけいはあえて笑顔で言った。

「ご心配なく。掃除はわたしに任せてください。ごみのことも考えがあります」


「お待たせしましたぁ、連れてきましたよぉー」

おけいが外へ飛び出すと、鍋町の裏通りをやってくる一団が見えた。先頭で手を振っているのは小僧の慎吾である。

「みなさん、遠いところをありがとうございます」

頭を下げる巫女姿の娘の前に、粗末な身なりの男たちがずらりと並んだ。

「いいってことよ。慎さんの頼みとあっちゃ断れねえ」

「狂骨先生にも、しっかり働いてこいと言われた」

口々に頼もしいことを言うのは、小石川の竹林で暮らす物乞いたちだった。慎吾に仲立ちを頼んで加勢にきてもらったのである。

「こいつはすごい。おれたちにとっては宝の山だ！」

店屋敷に踏み込んだ十人ほどの男たちは、嬉々《きき》としてごみの山を物色しはじめた。

「いいか、ときがねぇから手際よくやるぞ。弁当箱や木っ端《こっぱ》は右に寄せろ。傘、樽、履物は左側。紙屑《かみくず》はそっちの籠《かご》に入れて、着物や身のまわり品は畳座敷に集めるんだ」

まとめ役の男の指図で、それまでデタラメに積み上がっていたごみが、いっせいに右へ左へと動きはじめた。しばらくすると別の男たちがやってきて、仕分けされたごみの中から、それぞれに目当てのものを引き取っていった。

江戸にはあらゆる不用品を買い取る仕事があり、古本買いや古着買いはもちろん、紙屑買いや、蠟燭《ろうそく》の燃えカス買い、金もの買い、提灯や傘の骨買いなどが、不要なものを引き取るだけでなく、銭まで払ってくれるのである。

空き樽はきれいに洗って酒屋へ持ち込む。弁当箱をはじめとする燃えるごみは湯屋の燃料となり、藁《わら》で作られた蓑《みの》や筵《むしろ》などは農家が肥料として使ってくれる。あとは引き取り手のない正真正銘のごみだけが、船に乗って埋立地へと運ばれていった。

そして二十九日の夕方、丸二日にわたったごみ出しが終わった。

「じゃあ、おれたちは帰るけど、こんなにもらっていいのかい」

「はい、ご隠居さまのお申しつけです。本当にありがとうございました」

不用品を売って得た銭の大半を手間賃として受け取った男たちは、ほくほく顔で小石川へ帰っていった。

もはや店屋敷の中には紙屑ひとつ落ちていない。あとは畳や床にこびりついた汚れを拭い去るだけだ。

（さあ、ここからがわたしの出番よ）

おけいは白いたすきをきりりと締め直すと、猛烈な勢いで掃除をはじめた。


「あれだけのごみが片づいたなんて、夢を見ているようです」

今月最後の菓子を納め、糸瓜長屋を引き払ってきたおしのは、見違えるほどさっぱりした鍋町の旧店に目を輝かせた。

店の土間と座敷は広々として、もう大勢の客がきても大丈夫だ。奥の作業場には水屋《みずや》がそのまま残されており、いかにも仕事がはかどりそうである。

中でもおしのを感激させたのが、台所の土間に据えられた馬蹄《ばてい》形の大竈《おおがま》だった。

「嬉しい。いつかこんな竈《かまど》を使ってみたいと思っていました」

竈には火口が五つあり、鍋釜《なべかま》をのせる穴も五つあった。これなら小豆を炊くのも、白餡を練るのも、米を蒸すのも、要領よく作業を進めることができる。

「ありがとうございます、おけいさん。短い時間でここまでしていただいて、なんとお礼を言えばよいのか……」

娘のようにはしゃぐおしのを見て、おけいの疲れは一気に吹き飛んだ。夜を徹して屋敷中を掃除した甲斐《かい》があったというものだ。ただ、長いあいだ放置されたせいか、せっかくの大竈に傷みが目立つことが心配だった。

「ふむ、大きなひび割れと、火口の欠けたところは直したほうがよさそうだな」

専門の職人を呼ぶべきかどうか、吉右衛門が竈の前で思案していると、うしろから耳慣れない声がした。

「その仕事、手前どもに任せてはもらえませんか」

「おまえ、どうしてここに――」

小僧に案内されて入ってきた四十くらいの男が、吉右衛門の前で膝をついた。

「たった今、八代目からお暇を頂戴してまいりました」

きっぱりとした口調で話すのは、吉祥堂で菓子職人をしている巳之助《みのすけ》だった。大番頭になった市蔵のやり方に耐えかね、店を飛び出してきたのだという。

「あいつ、これまで仕入れてきた五種類の小豆を、最も値の安いものに絞ると決めたばかりか、砂糖も徐々に安いものへ替えていくと言いだしたんです。おまけに菓子職人の数も減らすなどと、小癪《こしやく》なことまでぬかすものですから」

だったらこちらから辞めてやると、ついに啖呵《たんか》をきったのだ。

「市蔵のやつ、いよいよ好き勝手にやりはじめたか……」

どうやら今後の吉祥堂は、菓子の質より銭勘定に重きを置く店になりそうだ。

「でも、こうやって旦那さまの無事なお姿を拝見して、安心いたしました」

忽然《こつぜん》と姿を消した吉右衛門が、本当は市蔵に殺されたのではないかと心配していた巳之助たちは、当人が店に現れたことを喜んだ。しかも志乃屋と組んで鍋町の旧店を開ける支度をしていると知り、迷わず駆けつけたのだった。

「お願いでございます。私どもをこちらで使ってはいただけませんでしょうか」

両手をついて訴える巳之助のうしろで、二人の若い男も這《は》いつくばった。

「どうしたものかね、おしのさん」

成り行きに驚いている志乃屋の店主を、吉祥堂の元店主が振り返った。

「この巳之助には主菓子《おもがし》の職人頭を任せていた。向こうにいるのは、南蛮菓子職人の甚六《じんろく》と、手代の平吉《へいきち》。どちらも見込みのある若者だよ」

まだほかにもこちらへ移りたがっている奉公人がいると訴える巳之助の言葉に、おしのは嬉しいような、困ったような、えもいわれぬ表情を浮かべた。

腕のよい菓子職人たちがきてくれるのはありがたいが、急な屋移りまで余儀なくされた今の志乃屋には、新たな奉公人を迎え入れるだけの余裕がない。

「本当に、どうしたらいいのでしょう」

今度はおしのが、自分のうしろにいる巫女姿の娘を振り返った。

「ここで蓄えを使ってしまうわけにはいきません。年が明けたら初詣でを兼ねて、おけいさんの神社にお参りするつもりですから」

今年の一月、おしのは出直し神社で三貫文の〈たね銭《せん》〉を借りている。借りた銭は一年後に倍の額を返すしきたりなので、何があっても六貫文の銭だけは、手もとに残しておく必要があるのだ。

（そうだ、もう一度おしのさんに願かけをしてもらって……ああやっぱりだめだ）

たね銭は何度でも授かることができる。ただし一年後の倍返しをすませた後でなくてはならない。ならばいっそ――。

おけいは返事を待っている吉右衛門に言った。

「ご隠居さま、これから下谷の神社までご案内させてください」

◉

笹藪《ささやぶ》の小道から出てきた老人が、もの珍しそうに境内《けいだい》を見渡した。

「ここが、出直し神社なのかね」

「はい。ようこそお越しくださいました」

おけいは先に小道を抜け、鳥居の前でふたりの客を出迎えた。参拝にきた吉右衛門と、その付き添いとして同行したおしのである。

「婆さま、わたしです」

社殿《しゃでん》の階段を上がって声をかけると、唐戸《からと》の向こうから応《いら》えがあった。

「よくきたね。参拝のお客さまだけお入り」

たね銭の儀式に立ち会えるのは当人だけである。おしのは陽の当たる簀子縁《すのこえん》に残って、吉右衛門を見送った。

ほの暗い社殿の中には、いつ誰が持ち込んだものか、立派な漆塗りの丸火鉢が据えられていた。暖かな炭火を挟んで婆と参拝客が座し、その斜向《はすむ》かいにおけいが控える。

「手はじめにあんたの名前と歳《とし》、それと生まれを聞こうかね」

早くも婆の言問《ことと》いがはじまった。

「吉右衛門と申します。歳は六十九。神田の鍋町で生まれました」

「では、吉右衛門さん。これまでの人生について教えておくれでないか」

婆の前で何を問われるのか、前もっておけいに知らされていた吉右衛門は、慌てることなく生い立ちを語りはじめた。

「私が生まれた吉祥堂は、小店なりに代を重ねた菓子舗《かしほ》でした」

六代目の父親が菓子をこしらえ、奉公人は手代と小僧が一人ずつ。跡取りの吉右衛門も菓子の作り方を仕込まれたというのだが……。

「ここだけの話、私は菓子作りが下手《へた》でしてな」

思いがけない告白に、婆が喉を鳴らして笑った。

「悪いことに親が早死にし、修業半ばの十九歳で七代目を継ぐことになりました。その後も自分なりに努めはしましたが、親父《おやじ》の足もとにも及びません」

次第に得意客が離れ、このままでは店をつぶしかねないと焦る吉右衛門に、もうひとつの厄災が降りかかった。意に染まない縁談が持ち上がったのである。

嫁の名はお栄。商いの面倒をみるからもらってくれと、砂糖を仕入れていた薬種屋《やくしゅや》が、奔放《ほんぽう》で手の付けられない娘を押しつけてきたのだ。

「噂に違《たが》わずひどい女でした。朝は遅くまで寝ているし、店の仕事は手伝わない。掃除も洗濯も料理もしない。挙句《あげく》に店の銭をくすねて昼酒を飲むのですから」

とんでもない嫁があったものだが、親もとの助けで店を続けていられることを考えれば突き返すこともできず、夫婦として四年を過ごした。

「破《わ》れ鍋に綴《と》じ蓋《ぶた》という言葉もありますが、そのころになってもまだ、私には満足な菓子が作れませんでした。お栄も遊びに出たきり何日も家に戻らないことが多くなり、ふと、もうこんな無益はやめにしようと思ったのです」

自分は菓子作りに向いていない。だったら職人を雇えばいい。吉祥堂を見捨てた客が、列に並んで買いたがるような菓子を作ってくれる職人を探そう。

そう考えた吉右衛門は、いったん店を閉めて諸国をめぐる旅に出た。

金沢《かなざわ》、駿府《すんぷ》、京、大坂、松江《まつえ》――。なかなか目にかなう職人を探し当てられないまま、最後にたどり着いたのが長崎だった。

「出島《でじま》の近くで、ならず者の喜久蔵という男に会いました。もとは腕のよい南蛮菓子職人だったと噂を聞き、江戸で一緒にやらないかと誘ってみたのです」

荒れた暮らしに飽いていた喜久蔵は、ふたつ返事で話に乗った。

そうして三年ぶりに江戸へ戻ってみると、実家の薬種屋で待っているはずのお栄が姿を消していた。かなり前に出ていったきりだと知らされ、厄介払いができたと喜んだ吉右衛門は、喜久蔵と力を合わせて吉祥堂の再建に乗り出したのである。

「思った以上に大変でした。お栄が店のものを売り払っていたので、小鍋ひとつから道具をそろえなくてはなりません。最初のカステイラが焼けるまで丸一年かかりました」

苦労は多くても充実した日々だった。南蛮菓子だけでなく、吉右衛門が諸国をめぐって出会った銘菓をもとに新しい菓子を考え、喜久蔵がかたちにする。そうして生み出される質のよい菓子は、新しい炭に熾火《おきび》が燃え移るようにじわじわ評判が広まり、以前より多くの客が鍋町の店に来るようになった。

「たとえ菓子作りは下手でも、あんたには商いの才があったわけだ」

「おこがましいですが、そのとおりです。選び抜いた材料で作った高級菓子を、有田焼や輪島《わじま》塗りなどの器に入れて高値で売る。この手法で売り上げは何倍にも伸びました」

店を再開して十年後には、鍋町の裏通りから日本橋に店を移した。奉公人の数も膨れ上がり、喜久蔵は職人頭として何人もの菓子職人を束ねる立場になった。

「吉祥堂にとって、喜久さんはなくてはならない人でした。私はもう女はこりごりだったが、喜久さんには所帯を持たせて近くに住まわせ、不足のない暮らしができるよう心を砕きました」

喜久蔵もまた、自分を江戸に呼び寄せ、過分な待遇を与えてくれた吉右衛門に恩を返したいと、寝る間も惜しんで菓子作りに取り組んだ。そして末永く店の看板商品となるべく生み出されたのが〈阿蘭陀《オランダ》巻き〉だった。これが大当たりをとり、吉祥堂を二軒の出店を持つ大店に押し上げた話は有名である。

「人生を山にたとえるなら、あのころが頂上だったかもしれません」

遠い目で吉右衛門が懐かしむ幸せな時代も、喜久蔵が一本立ちして店を持ちたいと言いだしたことで終わりを迎えた。

「私は反対しました。そもそも喜久さんが長崎で身を持ち崩したのも、親から継いだ店をつぶしてしまったからです。倍の給金を出すからうちに残るよう引きとめましたが、考え直してもらえませんでした」

すでに五十の坂を越えていた喜久蔵は、毎日が戦場のような吉祥堂の作業場で采配《さいはい》をふるうより、小さくてもいいから自分の店で、妻や娘たちと力を合わせて菓子を作りたいと望んだ。吉右衛門ではなく、家族と過ごす時間を選んだのである。

「もう一計を案じるしかありませんでした。納得したふりをして店をもたせ、裏から手をまわして、商いが立ちゆかなくなるよう仕向けたのです」

静かに拝聴するおけいは、以前おしのから聞いた話を思い出していた。喜久蔵が考案した〈阿蘭陀巻き〉の名前を使えないような契約を交わしたことも、その他の嫌がらせも、やはり吉右衛門の策略によるものだったのだ。

「すべては喜久さんを呼び戻すためでした。二度目の店もつぶすことになれば、自分が商いに向いていないと悟る。そうすれば私のもとへ帰ってくると信じて疑わなかったのです。まさかあのような結末になろうとは……」

喜久蔵が首をくくったと知ったとき、吉右衛門の中でも何かが死んだ。

その後、季節限定の高級菓子を売り出すなど、矢継ぎ早に新しい商いを繰り出しては、吉祥堂を江戸で一番の人気店にした吉右衛門だったが、同時に金儲《かねもう》けのためなら手段を選ばない強欲な店主としての悪名も知れ渡っていった。

「私は、片割れを失《な》くした〈ひもくの魚〉のようなものでした」

片側にしか目がない魚は、二匹が合わさることで、ようやく一人前に泳ぐことができる。菓子作りが下手で商いに長《た》けた吉右衛門と、菓子作りの腕に抜きん出ながら商いに疎《うと》かった喜久蔵も、二人合わせて一人前だった。片割れを失ったひもくの魚は、己がどこを目指しているのかわからないまま、今日までがむしゃらに泳いできたのだ。

「それで、お栄さんはどうなったのかね」

「お栄……」

婆の問いかけに、夢から覚めたような顔で吉右衛門がつぶやいた。

「あの女なら、喜久さんが亡くなったあと、二十年ぶりに店を訪ねてきました。どこの誰ともわからぬ男とのあいだにできた娘まで連れて」

よくもぬけぬけと顔を出せたものだと呆《あき》れつつ、吉右衛門は出来の悪い女房と、その女房に瓜《うり》ふたつの娘を追い払うことができなかった。

「家族のいない私は、いずれ喜久さんの娘に吉祥堂を継がせるつもりでいました。でも、父親を殺されたも同然のあの子は、私を恨んで去ってゆきました」

自分に許された家族は、不肖の女房とその連れ子だけだと思い知らされた吉右衛門は、空いていた鍋町の旧店に二人を住まわせ、日本橋の本店には寄りつかないことを条件に、面倒をみてきたのだった。

「あれは双子みたいな母娘です。どちらも放逸《ほういつ》で自堕落。働きもせず食って遊ぶことしか頭にありません」

言い換えれば、働かずに食べて遊んでさえいられれば、お栄とお美和は満足していた。

それを焚きつけて店を乗っ取らせたのが、当時の小番頭だった市蔵である。

「うしろ戸さま。どうぞ私に〈たね銭〉をお貸しください」

奉公人にしてやられたのは己の不徳としてあきらめもつくが、志乃屋の店主にまで累が及ぶのは不本意だと、吉右衛門は床に両手をついて訴えた。

「今のままでは志乃屋さんの商いが立ちゆきません。吉祥堂から逃げてきた奉公人たちも路頭に迷ってしまいます」

火鉢の向こうから、うしろ戸の婆が相手の顔をじっと見据えた。

その右目は白く濁っているが、左目だけは湧き出す泉のごとく黒々と澄んでいる。これは千里眼《せんりがん》といって、はるかな遠方や、過ぎた時代までも見通す不思議な眼であることを、婆に拾われて一年以上を過ごしたおけいは知っている。

「最後にもうひとつ。志乃屋のご店主が喜久蔵さんの娘だと、いつ気づいたのかね」

左の眼を微かに細めて婆が訊ねる。

「今年の春、お蔵茶屋の宴で顔を合わせたときです」

三月三日に懐石料理のお披露目があった際、吉祥堂と志乃屋はどちらも〈くら姫〉に出入りする菓子屋として招かれている。そのときから知っていたということだ。

「面立ちが父親によく似ていました。それに、あの子の名は……」

「あんたは、おしのさんの名づけ親だったのだね」

吉右衛門がうなずくのを見て、うしろ戸の婆が立ち上がった。

すでに貧乏神を祀《まつ》った祭壇の上には琵琶が用意されており、その前で祝詞《のりと》が読み上げられてゆく。いよいよたね銭が振り出されるのだ。

（さあ、神さまはいくら貸してくださるか……）

息を呑んで見守るおけいの前で、婆が頭上に持ち上げた琵琶を大きく振った。

古色蒼然《こしょくそうぜん》とした琵琶にはネズミに齧《かじ》られた穴が開いており、そこから高い音色をたてて金色に輝く小判がこぼれ出した。

床に散らばった小判は十枚。つまり十両もの大金が、たね銭として吉右衛門に貸し与えられたのである。


「では、うしろ戸さま。次は一年後にお目にかかります」

唐戸を開けて外へ出ると、おしのが簀子縁に座って吉右衛門を待っていた。その頬が涙に濡《ぬ》れているのは、社殿の話し声が筒抜けだったからである。

「もう大丈夫だ。神さまが手を差し伸べてくださったよ」

優しく声をかける吉右衛門のうしろから、婆の声が聞こえてきた。

「せっかくきたのだから、おしのさんにもひとつ教えてやろう」

「はい、なんでしょう」

「行き詰まったときは、初心に戻るといい」

続いて婆は、吉右衛門にもはなむけの言葉を贈った。

「鍋町に戻ったら、証文を読み返してごらん。一番大切なものは、案外あんたの手の内に残っているかもしれないよ」

首をひねる二人から目をそらして、うしろ戸の婆は社殿の中からおけいを見た。

「宝さがしを見届けたら帰っておいで」

その言葉を最後に、かすかな軋《きし》みをたてて唐戸が閉められた。

◉

師走の十二日は、朝の冷え込みが厳しかった分だけ、よい天気に恵まれた。

「八つの鐘が鳴りはじめましたよ」

「どうしましょう、おけいさん。心《しん》の臓が口から飛び出しそうです」

小紋の上に黒羽二重を羽織ったおしのが、震える手を胸に当てた。

サザンカの白い花が咲き散る〈くら姫〉の庭では、これから菓子合せの決戦に臨む店主たちが、店蔵の扉が開くのを待っている。

「たいへんお待たせいたしました。順番にご案内をいたします。ほうじ茶用のお菓子をお納めになったご店主さま、どうぞこちらへ」

店蔵から現れた長身の美人が、緊張を張《みなぎ》らせた店主たちを扉の中へといざなった。お蔵茶屋の女衆を束ねる仙太郎である。

座敷には三つに区切られた席が用意されており、入って右側の最前列に志乃屋、真うしろにえびす堂、そのうしろにもう一軒の店主が席についた。

「おけいちゃん、その格好も似合っているよ」

案内に忙しい仙太郎が、素早く耳もとにささやいて立ち去った。

いつもの巫女姿から一変して、おけいは町娘らしい黄色い子持ち格子の着物を身につけていた。ほかの菓子屋から不審の目を向けられずに決戦の場に立ち会えるよう、おしのが借りてくれたものである。

髪のかたちも蝶々髷《ちょうちょうまげ》から丸髷に変えた。これでもう、志乃屋の席にちんまり座っている娘が、以前お蔵茶屋を手伝っていた巫女だと気づく者はいないだろう。

（この場に出ることを遠慮されたご隠居さまのためにも、しっかり務めなくては……）

店主のお供は一人と決められている。おしのを支える大役を任されたおけいは、左右に離れた丸い目に力を込めて、ほかの顔ぶれを見まわした。

真ん中の席には煎茶の折敷用の菓子を納めた三軒の店が、左側には抹茶の折敷用の上菓子を納めた店主たちが着席している。席はほぼ埋まっているが、左の最前列だけが空いたままだった。おそらく吉祥堂の席と思われる。

大事な日に遅れるとは、不測の事態でも起こったのだろうか、などとささやき合っていた店主たちが、かすかな衣擦《きぬず》れの音にぴたりと話をやめた。

「みなさま、本日は〈くら姫〉にお集まりいただき、誠にありがとうございます」

静まりかえった蔵座敷に神楽鈴《かぐらすず》を鳴らすような声が響き、同時に目もくらむほどの麗人が入場した。今日の趣向にあわせて宝尽くしの小袖を打ち掛けたお妙である。

そのうしろに続く禿頭《とくとう》の老人は、お蔵茶屋の隣で骨董《こっとう》屋を営む蝸牛斎《かぎゅうさい》だ。茶人としても名の知られた蝸牛斎は、お妙とともに菓子を判定する役を担うと聞いている。

二人の判定人が菓子屋たちと向かい合う三つの席の両端についても、まだ真ん中の席が残っている。あすこに誰が座るのかと思っていると、にわかに出入り口近くの店主たちがざわつきはじめた。

「もしや、あのお方は――」

「驚いたな。よく引っ張り出してきたものだ」

何のことかわからないおけいの前を、黒い羽織を着た老人がゆっくりと横切った。

一見どこにでもいそうな老人だが、きらびやかなお妙と、大柄で恰幅《かっぷく》のよい蝸牛斎に挟まれた座についても、見劣りしない威厳が備わっている。

「すでにお気づきの方もいらっしゃるようですが、本日の決戦には、先代の大久保主水《おおくぼもんと》さまに主席判定人としてお出ましをいただきました」

お妙が微笑《ほほえ》みを湛《たた》えて紹介する。

「大久保さま、本日はよろしくお願い申し上げます」

なんの、なんの、と老人がくだけた調子で応えた。

「世を隠れた身が晴れがましい役を仰せつかり、いささか浮かれておる。今日はご一同が粋を利かせた菓子を、存分に楽しませていただこう」

店主たちがいっせいに答拝するのを見て、おけいも慌てて頭を下げた。

あとで聞いた話によると、大久保主水の先祖は徳川《とくがわ》家に仕える三河《みかわ》武士だった。江戸の治水に貢献して主水の名を賜《たまわ》る一方、得意の菓子をこしらえては家康《いえやす》公に献上し、いつしか菓子作りが本業となったらしい。以来、大久保主水の名は世襲され、虎屋《とらや》織江《おりえ》、桔梗屋《ききょうや》河内《かわち》らと並ぶ、江戸幕府御用菓子屋の筆頭を務めている。

「それでは菓子合せの決戦をはじめることにいたしましょう。まだお見えにならないお店もあるようですが……」

進行役のお妙が座敷を見まわす、ちょうどそこへ、ばたばたと騒々しい足音とともに、お美和と市蔵が駆け込んできた。

「あら、いやだ。どちらさまもご免なさいよ。ちょいと支度に手間取りまして」

言い訳しながら席につくお美和を見て、居並ぶ一同が慄《おのの》いた。

今日のお美和は、お妙とよく似た宝尽くしの模様をちりばめた打ち掛け姿だった。前もって調べもせず同じ着物で乗り込むのも失礼だが、花魁《おいらん》のような前結びに垂らした錦《にしき》の帯と、べったり白粉《おしろい》を塗りこめた顔は、それまで清々《すがすが》しく張り詰めていた場の雰囲気を、一気にぶち壊して余りある異様さだ。

しかも決戦前にももんじ屋の鍋で景気をつけてきたのか、近くの席の店主たちが鼻を押さえて困惑している。そんな奇々怪々たる光景を目《ま》の当たりにしても、いっさい動じないお妙は、さすがと言うべきだろう。

「おそろいのようですので、心置きなくはじめさせていただきます。では、最初にほうじ茶の折敷に合わせたお菓子を」

手を打ち鳴らすと同時に、店蔵の外で待っていたお運び娘たちが、折敷をうやうやしく捧《ささ》げ持って入場した。先に判定人の前に折敷が置かれ、続いて座敷に並ぶ九人の店主と、その付き添いの前にも同じものが置かれる。

「お手もとの折敷にございますのは、深川元町の釜戸屋《かまどや》さんが、宝巻《ほうかん》に見立ててお作りになった〈ささやき竹《だけ》〉です。では大久保さま、蝸牛斎さま、ご賞味をお願いします。各店の皆さまも、私どもと一緒にお召し上がりください」

三人の判定人が菓子を取り上げるのを見て、おけいも折敷に手を伸ばした。

ほうじ茶の湯飲みの横にあるのは、細長い筒状の菓子の中ほどを竹の葉で巻き、巻子《かんす》らしく仕立てたものだった。くるくると葉をほどくのも、巻子を広げるようで楽しい。

「ほう、これは麩焼《ふのや》きのようだね」

「申込書によると、皮に蕎麦粉《そばこ》をまぜ、味噌ではなく胡麻餡《ごまあん》を塗っているそうです」

大久保主水が蝸牛斎に話しかけたとおり、宝巻の正体は麩焼きだった。

小麦粉を水で溶いて薄く焼いた皮に、甘味噌や餡を塗りつけて巻く麩焼きは、庶民に親しまれる気軽なおやつだ。それに竹の葉を巻いて麦わらで結わえただけだが、皮の両端を切りそろえて巻子らしく見せようとするていねいな仕事ぶりに好感が持てる。

「御伽草子《おとぎぞうし》から引用した〈ささやき竹〉という命名が、私は気に入りました」

お妙の声を聞きながら、おけいも麩焼きを口に入れた。

蕎麦粉の生地に滋味があり、ほうじ茶にもよく合っている気がする。つい食べきってしまいそうになるが、ひと口だけで我慢して、持ち帰り用に渡された折箱に入れた。まだこれから八軒分の菓子を賞味しなくてはならないのだ。

一同が味わった頃合いを計って、今度は菓子だけが運ばれてきた。

「次は神田明神下のえびす堂さんですね。これは西洋の角杯《かくはい》に見立ててお作りになった、〈角《つの》のさかずき〉です」

おお、西洋の……と、店座敷の中が軽くざわめいた。

折敷に置かれた角杯は、おけいの知る二回戦のものから様変わりしている。ツルが焼いた味噌煎餅の角はそのままだが、中に詰まった白餡の色が鮮やかな黄金《こがね》色に変わり、さらに粒の大きな金色の豆が加わって、あたかも砂金に埋もれる小判のようだ。

「面白い。こんなかたちの菓子は初めて見るよ」

「まさに牛の角から金子がこぼれ出しているようですな」

見た目の評価は高そうだ。志乃屋の付き添いとしてきているおけいだが、ツルと権兵衛の菓子が褒められると嬉しかった。

「二回戦では揚げたサツマイモを散らしていたそうだが、こちらのほうがより金子らしくていいだろう。――ご店主、クチナシの実で餡に色をつけたのかね」

「は、はい。小粒と大粒、二通りの白インゲンを黄色く染めて使っております」

ツルが畳に両手をついて、主水の問いに答える。

「でも、このお菓子は味噌煎餅のパリッとした歯ごたえが命だと思うのですが、長く置いておくと餡の水気で湿ってしまいそうですね」

お妙の懸念はもっともだった。月替わり菓子は、お蔵茶屋の商いがはじまる少し前に納める決まりなのだが、それから暮れ六《む》つ（午後六時ごろ）の店じまいまでのあいだに、味噌煎餅がふやけてしまっては台無しである。

「そいつはご心配に及びません」

答えたのは、それまでおけいの真うしろで息を詰めていた権兵衛だった。

「餡を炊いて卸している、笹屋の権兵衛と申します。えびす堂さんの〈角のさかずき〉が月替わり菓子に選ばれたあかつきには、昼九つ前と、八つどきと、七つどきの三回に分けて、おれが作りたての菓子を届けるとお約束いたします」

そんな話を今はじめて聞いたのか、ツルがあからさまに驚いている。

一方、名乗りを上げた権兵衛のほうは、挑むような目つきで、美しい判定人を真っ向から見据えていた。

「それは、よい考えですね。頼もしいお言葉を頂戴しました」

お妙が穏やかに応じる。片頰の引きつれた鬼神のような男の視線を受け止め、にこりと浮かべる微笑は、花びらとともに舞い降りた天女そのものだ。

「権さん、恩にきるよ。……大丈夫かい」

ツルの心配そうな声に再びうしろを振り返ると、今になって権兵衛が、真っ赤な顔から冷や汗をタラタラ流しているのだった。

(でもよかった。えびす堂さんの評価は上々だわ)

安堵《あんど》したのも束の間、次は志乃屋の番がまわってきた。

「ほうじ茶に合わせる菓子は次で最後です。神田鍋町に屋移りされた志乃屋さんが、瑞雲に見立てた〈福寿《ふくじゅ》の雲〉をお召し上がりください」

おけいも菓子切りを使って口に運んだ。すでに味は知っているが、たとえひと口なりとも、この晴れの舞台で味わっておきたかったからだ。

吉祥の雲をかたどった菓子は、今日もきれいな渦巻きに仕上がっていた。その味は甘く、香ばしくて、少ししょっぱい。そして最後に干し柿の風味がふわりと漂う。

「これは美味い。嚙むごとに違った味わいが楽しめる。どの味も互いに引き立てあって、あとを引くというか、もっと食べたくなるね」

　絶賛する大久保主水に続いて、蝸牛斎も志乃屋の菓子を褒めた。

「干し柿とサツマイモの餡のほかに、きな粉の味もする。この塩加減が絶妙だ」

「ああ、わかりました！」

　きな粉と聞いて、お妙が手を打ち合わせる。

「これは州浜の生地ですね。志乃屋さんといえば州浜が名物ですから」

　おっしゃるとおりでございます、と、おしのが頭を下げて答えた。

　決戦の菓子に白餡ではなくサツマイモの餡を使うことが決まっても、おしのはそれだけで満足できなかった。まだ何か足りない。あともうひとつ違う味を加えたい――。

　何を足せばよいのか迷っていたとき、うしろ戸の婆に教えられた。

『行き詰まったときは、初心に戻るといい』

　その言葉から答えを導きだした。おしのが子供だったころ、初めて父親に作り方を教わった菓子が州浜だった。きな粉と水飴を練り合わせただけの駄菓子だが、これが三十年後にお妙の目にとまり、志乃屋をはじめるきっかけになったのだ。

　決戦の菓子に挟む州浜生地の量や塩加減については、吉祥堂の菓子職人頭だった巳之助が何度も味見をしてくれた。最後は吉右衛門による〈福寿の雲〉の命名を得て、お蔵茶屋に納めることができたのである。

「たいへん美味しくいただきました。では、次に煎茶の折敷に合わせる菓子を――」

お妙が段取りを先へ進める声を聞き、おしのはようやく肩の力が抜けたようで、震える指先を擦《こす》り合わせながらおけいにささやいた。

「ああ、これでやっと、ほかのお店の菓子が楽しめます」

煎茶用として納められた菓子は次の三つである。

芝浦の北山堂《きたやまどう》が、薄紫の餡を使った練り切りを源氏車《げんじぐるま》に見立てた〈むらさきの里〉。

神楽坂《かぐらざか》毘沙門天《びしやもんてん》前の坂口屋《さかぐちや》は、四天王の毘沙門天が手のひらにのせた宝塔《ほうとう》にそっくりの最中《もなか》で、その名も〈多宝塔〉。

赤坂《あかさか》の春日堂《かすがどう》は、山王《さんのう》大権現社にも奉納している由緒正しい菓子で勝負をかけてきた。金嚢《きんのう》をかたどった揚げ菓子にナツメやクルミ入りの餡を詰めた〈神供袋《みけぶくろ》〉である。

それぞれに違った持ち味があり、どれも美味しい。さぞかしお妙たちも判定に困るだろうと思いつつ、おけいは次第に重くなる腹をさすった。

だが、菓子合せはこれからが山場だった。

「そろそろ抹茶用のお菓子に移らせていただきましょう。初めは四谷《よつや》・月桂庵《げっけいあん》さんが仙桃《せんとう》をかたどって作られた〈西王母《せいおうぼ》〉です」

唐国《とうごく》の言い伝えによると、仙女の西王母が育てた三千年に一度だけ実をつける桃を食べると、長寿を得ることができる。そんなありがたい仙桃に見立てた外郎《ういろう》風の蒸し菓子は、かたちといい、色といい、小さな桃そのものだった。

「見た目の可愛《かわい》らしさでは一番ですね。お客さまにも喜ばれそうです」

「餡にシソの風味付けがしてある。ここは是非を問うべきだ」

小声で話し合う判定人たちの声がやむと、早くも次の菓子が運ばれてきた。元飯田町の橋元屋が旭日《きょくじつ》に見立てた〈初日の出〉である。

「おや……」

店主たちの席から、戸惑いの声が湧いた。

それは何の変哲もない薯蕷饅頭《じょうよまんじゅう》だった。かなり大きめではあるが、丸くて白い薯蕷皮の上に、三本足の鳥が翼を広げた焼き印が小さく押されているだけで、他店のような目を楽しませる工夫はどこにも見当たらない。これでは見劣りしてしまうと思いながら、菓子切りを使って割ってみると――、

「おお、これは！」

今度は驚きと賛嘆の声が、さざ波のごとく蔵座敷に広がった。半分に割った薯蕷饅頭の中に、旭日に似せた色変わりの餡が仕込まれていたのだ。

思わず見とれてしまうほど、それは美しい餡だった。中心の濃い深紅色から、紅梅《こうばい》色、桃染《ももぞめ》色、退紅《たいこう》色《しょく》、桜色へ――。外側へ向かうにつれて重ね色目が淡く変じてゆくさまは、初春の空を彩りながら昇ってくる旭日そのものである。

「いやはや、饅頭の中に初日を拝むことがあろうとは……長生きはするものですな」

主席判定人の大久保主水が、橋元屋にしみじみと言葉をかけた。

「恐れ入ります。二回戦の品をお納めした際、橋元屋なら餡の色数をもっと増やせるはずだとお妙さまから活を入れられ、今日まで奮励《ふんれい》してまいりました。もちろん味にも自信がございます。ぜひご賞味ください」

生真面目に答える店主の横に控えているのは、今回の菓子合せで勝てなければ引退すると宣言した、初老の職人頭かと思われた。げっそりと面《おも》やつれしたその顔を見ただけで、どれほどの試行錯誤を繰り返してこの菓子を仕上げたのか偲《しの》ばれる。

「念のため私から申し添えますと、お饅頭の上に押された焼き印は、日輪《にちりん》に住むと伝えられる八咫烏《やたがらす》だそうです。外見の派手さに心移りすることなく、色変わりの餡までたどり着かれた橋元屋さんに、敬意を表したいと思います」

そう締めくくると、お妙はパンと手を打ち鳴らして場の雰囲気を変えた。

「残るはあとひとつ。宝珠《ほうじゅ》に見立てたお菓子を皆さまにお配りいたしましょう」

菓子合せの最後を飾るのは、日本橋・吉祥堂の〈如意《にょい》宝珠〉だった。竜王の頭から出たとされる如意宝珠は、願いを何でも叶《かな》えてくれる宝物らしい。

（これが宝珠……すごくきれい！）

球状の菓子かと思いきや、折敷の上に置かれたのは、円形に抜いた薄いカステイラの上に、真っ白な餡を蕎麦のように絞り出して、うず高く盛り上げたものだった。てっぺんが尖《とが》っているところは橋の欄干《らんかん》にある擬宝珠《ぎぼし》にも似ており、本物の玉石で出来ているかのごとく、キラキラ輝いている。

「当店自慢の百合根《ゆりね》餡を使った菓子です。光り輝いて見えますのは、お召し上がりの直前に施しました秘伝の工夫でございます」

大番頭のもったいぶった説明も耳に入らぬくらい、みな菓子の美しさに見とれている。

「素晴らしい出来栄えですな。食べてしまうのが惜しい」

「眺めていても仕方ありません。いただきましょう」

判定人たちが匙《さじ》を手にとり、店主たちもそれに倣《なら》う。すでに腹一杯のおけいも、目の前の菓子を見てしまうと、手を伸ばさずにはいられなかった。

白く輝く餡は口の中でなめらかにとけ、品のよい百合根の風味が広がって、大げさではなく至福のときを感じさせる。やはり悔しいけど美味い。

ところが、もうひと匙すくって口に入れたとき、ひどく硬いものが歯に当たった。

（えっ、菓子の中に小石が……？）

何かの手違いかと思っていると、まわりの店主たちも次々と騒ぎはじめた。

「あイタッ、種のようなものが中に……」

「なんだ、これは金平糖《こんぺいとう》じゃないか」

混乱する人々をからかうように、ころころ、ころころ、匙で探った餡の奥から金平糖が転がり出て、折敷の上を逃げまわる。

「吉祥堂さん。どうしてまた、こんなものを仕込んだのかね」

「あらぁ、いけなかったかしら」

困惑する大久保主水に答えたのは、八代目店主のお美和だった。

「うちの金平糖は人気があると聞いたもので、だったら菓子の中にもたっぷり入れてやりなさいって、あたしが命じたのですけど」

「いや、あんた。こんなものを入れたら、せっかくの菓子が――」

台無しだと言いかけて、主水が言葉を呑み込んだ。言うだけ無駄と気づいたのだ。

お美和は自分の継いだ店が、どれほどの工夫を積み上げて至高の菓子を生み出してきたのかまるでわかっていない。それが証拠に、金平糖入りの菓子が不評だったと気づくと、何のためらいもなくポイと折箱に投げ捨ててしまった。

「では、これでお菓子の味見は終わりにいたしましょう」

白けてしまった座敷に、お妙の明るい声が響いた。

「私どもは外で詮議《せんぎ》に入らせていただきます。皆さま方にはこのままお待ちいただいて、小半時（約三十分）後に判定の結果をご報告いたします」

小半時は長いようで短い。

落ち着かない気分で待っていた店主たちのもとに、判定人が戻ってきた。

「お待たせいたしました。この期《ご》に及んで長々しい前置きなど、どなたもお望みではないでしょう。詮議の結果だけを主席判定人からお伝えさせていただきます」

菓子合せを主催したお妙の言葉に、店主一同が居住まいを正す。

「せっかくだから、どの店に判定人が票を投じたかもお教えしようかね」

楽しげな大久保主水が、右列の店主たちへ語りかけるように言った。

「ほうじ茶用の菓子は、〈福寿の雲〉に二票、〈角のさかずき〉に一票が投じられた。票は割れてしまったが、一等は志乃屋さんの〈福寿の雲〉に決まったよ」

聞くや否や、脱力したおしのがうしろへ倒れそうになる。

「おっと危ない。志乃屋さん、おめでとうございます」

その身体を受け止めたツルと権兵衛が、落胆を押し隠して祝福してくれた。

一瞬だけ放心したおけいも、抱え起こされたおしのに無言で抱きついた。

「次は煎茶に合わせる菓子だね」

そわそわする中央列の店主たちに向かって、主水が結果を告げる。

「これも票が割れて、〈神供袋〉に二票、〈多宝塔〉に一票だった。したがって一等は春日堂さんの〈神供袋〉だ」

最前列から若い店主の歓声が上がり、うしろの二軒の店主たちが悔しさを呑み込んで、祝いの言葉をかけてやっている。

「最後は抹茶用の上菓子だが……」

ざわめいていた蔵座敷が、水を打ったように静まりかえった。

「これだけは我々三人の考えが一致した。元飯田町・橋元屋さんの〈初日の出〉を、文句なしの一等とする。おめでとう」

じつに見事な出来栄えだったと褒められ、判定人に向かって頭を下げる橋元屋の店主の隣で、初老の菓子職人頭が床に突っ伏して泣いている。

思わずもらい泣きしてしまう者もいるなか、吉祥堂のお美和が立ち上がった。

「バカバカしい。やってられないよ！」

捨て台詞《ぜりふ》を残し、打ち掛けを引きずって出てゆく背中を市蔵が追いかけても、引きとめる者は誰もいない。むしろ和やかな雰囲気に包まれた蔵座敷にお妙の声が響いた。

「お疲れさまでございました。みなさまのお蔭をもちまして、大過なく菓子合せを終わることができそうです」

一等の菓子は、正月二日からお蔵茶屋の折敷を飾ることになる。詳細についてはあらためて打ち合わせるとしたうえで、お妙が新しい案を持ち出した。

惜しくも一等に及ばなかったとはいえ、判定人の票をひとつずつ獲得した〈多宝塔〉と化かされていない証《あか》しに、おけいは思い切り権兵衛の耳を引っ張ってやった。

「ああ、聞いた。でも女狐《めぎつね》に化かされているんじゃ……あ、イタッ」

き〉が日の目をみるぞ！」

「う、うちも、喜んで務めます。――おい、権さん、聞いたか。俺たちの〈角のさかず
坂口屋の店主につづいて、えびす堂のツルも快諾した。

「願ってもないことでございます」

〈角のさかずき〉を、二月の月替わり菓子として採用したいというのだ。

◉

師走の十三日は、江戸城内の風習に倣って、町中の商家で煤払《すすはら》いが行われる。

昨日の興奮冷めやらぬ志乃屋でも、吉祥堂から移ってきた奉公人たちを中心に、畳干しや、梁《はり》の煤落としなど、引っ越し前におけい一人ではどうしようもなかった仕事がはかどった。もういつでも新年が迎えられそうだ。

きれいになった竈の前では、隠居の吉右衛門が薪を燃やし、小僧の慎吾に炎の手なずけ方を教えている。もう病人然とはしていない。出直し神社を訪れた日から、心に期するものがあるようだ。

「女将さん、おめでとう。どこへ行っても菓子合せの話で持ちきりだぞ」

久々に顔を出した依田丑之助が、おしのに祝いの言葉をかけた。

「ありがとうございます。どうぞ一服なさってくださいまし」

おけいが運んできた茶を飲み干し、丑之助がこっそり訊ねる。

「煤払いは終わったようだが、もう胴上げしたのかい」

「いいえ、男手が足りないので……」

江戸の商家では、煤払いのあとに店主や番頭を胴上げする習わしがあるのだが、あいにく志乃屋には大人の男が三人しかいない。

それを聞いた丑之助が、通りすがりの男衆を連れてきた。

「よおし、みんな集まってくれ、これから女将さんを胴上げするぞ」

休憩していた奉公人たちも外に集まり、有無を言わさず自分たちの店主を抱え上げる。

「そうれっ、わっしょい、わっしょい、わっしょい！」

悲鳴を上げる余裕もないまま、おしのの身体が二度三度と空へ放り上げられた。

「よし、次はご隠居さまだ」

調子づいた男たちは、台所から様子を見にきた年寄りをつかまえた。

「気をつけろ。お怪我《けが》をさせるな。そうれっ、わっしょい、わっしょい！」

これまで気安く胴上げなどされたことがなかった吉右衛門が、戸惑いながらも嬉しそうに宙を舞い、最後は万歳三唱で締めくくられた。

「ああ、楽しいな。お店の暮らしはよいものですね」

掛け声に加わっていた慎吾が、傍らに立つ丑之助に話しかけた。

「いつかわたしも、煤払いのあとで胴上げしてもらえるよう精進します」

「そうか、頑張れよ。慎さんならきっと大丈夫だ」

侍の身分を捨てた少年と、その刀を受け継いだ同心の会話を、おけいはしみじみとした気持ちで聞いたのだった。


「あのな、おけいさん」

ひと騒ぎが終わった店先で、いったん立ち去りかけた丑之助が引き返してきた。

「はい、何でしょう」

振り返った小柄な娘の目の前で、男の羽織の袂《たもと》から包みが取り出される。それが袋物問屋の包み紙だと気づいたとき、おけいの胸はドキッと高鳴った。

ひと月半ほど前、茜屋店主の心づかいで上等な女物の巾着を縫ってもらうことになった丑之助が、おけいに見立てを頼んだことがあった。

（あのときの巾着を、まさか……）

期待で胸がはち切れそうなおけいに包みを差し出し、丑之助が照れながら言った。

「これを渡してくれないか。その、カメさんに」

「えっ、カメさん？」

おけいはしばし放心した。カメって誰だっけ？　そうだ、えびす堂のツルの妹だ。

「あ、忙しいのか。だったら――」

「いいえ、大丈夫です。お預かりいたします」

我に返ったおけいは、みずから手を伸ばして大事な包みを受け取った。

「すまないな。俺はこういうことが苦手なんだ。ああ、それと、こんなものでよかったら使ってくれ」

安堵した様子の丑之助が別に差し出したのは、麻の手巾《しゆきん》だった。四角《よすみ》に施された青葉の刺繍《ししゆう》が可愛らしいが、茜屋の巾着とは比ぶべくもない。

「――ありがとうございます。大切に使わせていただきます」

町奉行所へ戻るという男のうしろ姿を見送りながら、おけいは自分に言い聞かせた。

カメはよい娘だ。控えめで、美人で、働き者で、誰より丑之助に相応《ふさわ》しい。

（そうだ。巾着を届けたら、その足で婆さまのお側《そば》に帰ろう）

すっかり長居をしてしまった。もう今回の役目は終わっていたのだ。


一月一日の朝、出直し神社の境内は、薄い雪の衣に覆われた。

「しめて六貫文、たしかに受け取ったよ」

うしろ戸の婆が振り返る祭壇の前には、ずっしりと重たい銭函《ぜにばこ》が置かれている。

昨年一月に借りたたね銭の倍返しを、志乃屋の女店主がすませたのだ。

「元旦からご苦労だったね」

「今日を逃せば、次はいつ来られるかわかりませんので」

白い息を吐きながら、おしのが薄く頬を染めた。

明日からお蔵茶屋で新年の商いがはじまる。ほうじ茶用の菓子が一等に選ばれた志乃屋も、月末まで〈福寿の雲〉を納めるご用が続くことになる。

菓子合せが大評判となったことで、今年も〈くら姫〉は商売繁盛間違いなし。鍋町の店へ移った志乃屋も、新たに加わった奉公人たちとよい船出ができそうだ。

「これから忙しくなるだろうが、勝負運が上がるよう祈っておくからね」

「ありがとうございます。ご隠居さまもお喜びになると思います」

あれから吉右衛門は、吉祥堂のお美和と市蔵を相手に、公事《くじ》（民事訴訟）を申し立てると決めた。例のニセ証文の件である。

市蔵が主人の筆跡を真似《まね》たとわかっていても、偽物を証拠立てることができずにいたのだが、うしろ戸の婆から授かった言葉を思い返すうち、吉右衛門が気づいたのだ。

『一番大切なものは、案外あんたの手の内に残っているかもしれないよ』

お店にとって一番大切なもの、それは〈暖簾〉だった。

暖簾を譲るとは、証文のどこにも書かれていなかった。暖簾すなわち吉祥堂が代々守り伝えてきた伝統、屋号、看板などは、お美和の手に渡っていないことになる。

首尾よく公事に勝ったあかつきには、おしのが九代目として吉祥堂を受け継ぐことが、すでに決まっているという。

「志乃屋の屋号が惜しくないと言えば嘘《うそ》になります。でも、お父《とっ》つぁんと吉右衛門さんが二人で大きくした吉祥堂の暖簾は、私にとってこの上ない宝なのです。値打ちがわからない人たちに任せるわけにはいきません」

婆とおけいに言い残し、雪の解けかかった境内へと歩みだす、そのうしろ姿には、老舗の暖簾を背負《しょ》って立つ女店主の風格がただよっていた。

正月というのに、出直し神社は閑散としている。

鳥居の上に見慣れた閑古鳥の姿すらない。菓子合せの決戦のあと、日本橋へ引き上げる宝泉寺駕籠の上に黒い鳥がとまっているのを、おけいは目の端で見届けていた。

吉右衛門との公事に決着がつくまで帰ってこないつもりだろう。

「ところで、宝さがしは面白かったかね」

社殿の中からうしろ戸の婆の声が聞こえる。

「はい、婆さま」

宝はひとつではなかった。世の中には人それぞれの宝があふれている。

おけいの見上げる空に、ふたたび雪が舞いはじめた。

本書は、ハルキ文庫のために書き下ろされた作品です。

時代小説文庫
さ 23-6

宝《たから》づくし 出直《でなお》し神社《じんじゃ》たね銭貸《せんが》し

著者 櫻部由美子《さくらべゆみこ》
2023年7月18日第一刷発行

発行者 角川春樹

発行所 株式会社 角川春樹事務所
〒102-0074 東京都千代田区九段南2-1-30 イタリア文化会館

電話 03(3263)5247[編集] 03(3263)5881[営業]

印刷・製本 中央精版印刷株式会社

フォーマット・デザイン＆シンボルマーク 芦澤泰偉

ISBN978-4-7584-4562-7 C0193

http://www.kadokawaharuki.co.jp/[営業]
fanmail@kadokawaharuki.co.jp[編集] ご意見・ご感想をお寄せください。